JN318326

二見文庫

うちの嫁

霧原一輝

目次

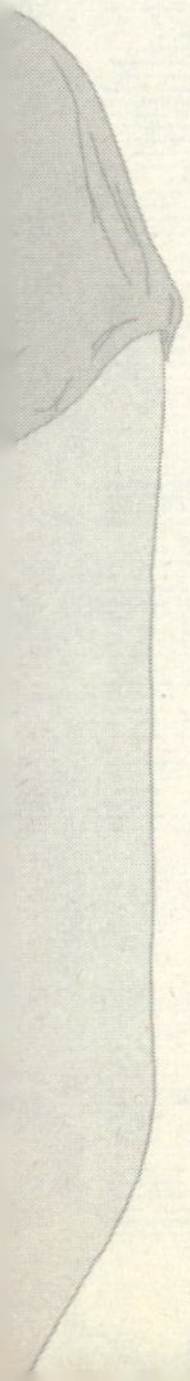

うちの嫁

第一章　紅一点

1

「和美《かずみ》さん、もういいから、席に着きなさい」

「はい、お義父《とう》さま。すぐに……」

夕餉《ゆうげ》の料理をテーブルに出し終えた和美が、エプロンの紐を解き、肩から脱いで、向かいの席に座った。

柔らかそうなウエーブヘアが、穏やかでやさしげな顔にほつれかかっている。ノースリーブの薄いニットを押しあげた形のいい胸のふくらみに視線が落ちかけ、達夫《たつお》は何をしているんだと自分を戒める。

「お義父さま、智己《ともみ》さんは？」

達夫の隣の席をちらっと見て、和美が顔色をうかがってくる。

「呼んだけど、降りてこない。いいよ、先にはじめていよう」

「でも……わたし、呼んできます」

和美が席を立って、二階へと通じているリビングへと歩いていく。

自然に後ろ姿に視線が引き寄せられた。膝丈のスカートが尻の丸みを浮きあがらせている。紡錘形のふくら脛《はぎ》が歩くたびに、きゅっ、きゅっと引き締まる。

（いい女だ……）

もう一年近く、毎日会っているのに、長男の嫁をどこかでひとりの女として見てしまっている自分がいる。

今年二十八歳になった長男の伸也《しんや》が、結婚するからとひとつ年下の和美を連れてきたときには、なかなかやるじゃないかと伸也を褒めたくなった。

父親が息子の選んだ女にとやかく言う筋合いはない。だが、それがいい女であるに越したことはない。長い間一緒に過ごすのだから。

伸也はコンピューター関連会社でシステム・エンジニアをしているのだが、取引先の会社で和美を見初め、べた惚れして口説き落としたらしい。たしかに伸也が惚れるのも無理はないと思わせる女だった。

その一方、一家の主婦としては少し線が細すぎるのではないかと危惧していたが、杞憂に終わった。和美は伸也の妻ばかりでなく、竹内《たけうち》家の主婦の役割もきちんと果たしている。

三年前に妻が病気で亡くなった。達夫と三人の息子を残して。

二男の健二《けんじ》は就職せずに、アルバイトをしながらバンドをやっていて、家には寄りつかない。家には達夫と、二人の息子がいる。その三人分の洗濯をして、食事を作らなければいけない。家事だけでも大変だと思うのだが、和美はよくやってくれている。

和美が呼びにいった三男の智己は、今年大学受験に失敗して、受験予備校に通っている。

反抗期なのか、父親にも楯を突いてくる。

もっとも、不思議に和美の言うことは聞くようだから、救いはあるのだが。

(智己にも困ったものだ。来年は志望大学に受かってくれないと)

ぼんやりと三男のことを考えていると、二人がリビングを経て、ダイニングにやってきた。和美のあとを歩いてきた智己は、相変わらず達夫の顔を見ようともしない。

『私の言うことは聞かないのに、和美さんの言うことは聞くんだな』

そう、皮肉のひとつも言ってみたくなるが、じっとこらえた。

気まずい雰囲気が流れたのを感じたのか、

「じゃあ、お義父さま」

和美が達夫の顔をちらっと見た。

「ああ、わかった。じゃあ、いただきます」

合掌すると、和美が応えて手を前で合わせた。

智己は無視して、ご飯茶碗をつかみ、ご飯を口に矢継ぎ早に放り込んでいく。

腹が立ったが、いつものことなので昂《たかぶ》る気持ちをおさめた。気分を変えたくて聞いた。

「和美さん、伸也は今日も遅くなるのか？」

「ええ、残業になるみたいです。今、新しい会社のシステムを作ってるらしくて……すみません。せめて、夕飯ぐらい一緒に摂《と》れればいいんですけど」

「いや、和美さんが謝ることじゃないよ。まあ、この不景気に残業するほどなんだから、それだけ会社が順調だってことだ。感謝しなくてはな」

「本当にそう思います……不動産も、今、なかなか動かないんじゃないですか？」

和美がつぶらだが、目尻の切れあがった目を向けた。

「そうだな。動きは悪いね。買い控えが多いからな」

達夫は長年勤めた不動産会社を早期退職して、現在は家の近所に事務所を借りて個人で不動産の仕事をしている。

まだ五十三歳。セカンドライフは始まったばかりだ。

「やはり、動きは悪いですか」

「ああ……まあ、しかし、ひと儲けしようとしてるわけじゃないから。将来、年金の足しになればいいさ」

そんな話を交わしている間にも、智己は何かにせきたてられるように料理を口に運ぶ。気になっていたことを聞いてみた。

「どうだ、智己。勉強のほうは順調か？」

すると、智己は、「ああ」と面倒くさそうに答えて、箸を置いた。

お茶をずずっと啜り、席を立つ。

「あら、もう、終わり？　お代わりは？」

和美が、立ちあがった智己に声をかけた。

「いいよ。お義姉《ねえ》さん、ごちそうさま」

智己は和美にはきちんと答え、達夫のほうは見ようともしないで、テーブルを離れる。

ひょろっとして背だけが高い智己が、部屋を出ていくのを見て、

「まったく、智己にも困ったものだ」

達夫が溜め息をつくと、

「きっと、お義父さまの顔を見るのがつらいんですよ。受験に失敗したことに後ろめたさを感じているんだと思います」

和美がやさしいところを見せる。

「それだけなら、いいんだが……智己は和美さんには懐《なつ》いているからな。和美さんも智己にはやさしいしね」

「わたしも大学受験、一度失敗しているんですよ。だから、智己さんの気持ち、よくわかるんです」

「へえ、あなたがねえ」

「……お義父さま、少しお酒、召し上がりますか?」

「ああ、そうしようか」

智己のいる前では晩酌はしないようにしている。

和美が席を立ち、焼酎の烏龍《ウーロン》茶割りを持ってきた。和美もそれなりに酒はいけるらしいが、達夫の前では顔が赤くなるのがいやだと言って、あまり飲まない。

それを、たまにはいいだろう、と同じものを作って来させる。

よく冷えた烏龍茶割りを口にしながら、和美の学生時代の話を聞いた。

高校生時代は、部活のテニスに夢中だったという。志望大学の受験のときに風邪を引いて熱を出し、それで満足に頭が働かなかったらしい。

「ほんと、わたし、ことというときにけっこうドジなんですよ」

そう言って和美は微笑んだ。

「何事にもソツがないように見える和美さんから、そういう話を聞くと、こっちも気持ちが楽になるよ」

「あら、いやだ。お義父さまにはそういうところは見せないようにしてるんです」

「いやいや、和美さんはよくやってくれている。感謝しているよ」

「いやだ、お義父さま……恥ずかしいわ」

はにかむ和美を見て、達夫は年甲斐もなく心が弾む。

和美はまだ一杯飲んだだけなのに、もう、首すじが赤く染まっていた。

白いノースリーブのVネックを着ているのだが、襟元からのぞく胸元もピンクに染まっている。色白だから、ちょっと赤くなっても目立ってしまう。

切れ込んだV字の底のほうに、乳房のふくらみが作る谷間がのぞいていた。

身体は細身だが、尻は大きい。

達夫のこれまでの経験から推すと、こういう体型をした女は抱き心地がいい。

この発達した臀部なら、後ろから嵌《は》めればいろいろと愉しめるはずだ。などと、長男の嫁の閨《ねや》を想像している自分に気づき、

（ダメだ。何を考えているんだ、お前は！）

自分を叱責する。そのとき、

「帰ったぞ」

玄関のほうから、伸也の声が聞こえた。

「あらっ、もう帰ってきた」

そう言う和美の顔に、喜びの色が射す。

和美が席を立ち、いそいそと夫を迎えに行く。

竹内家はリビングとキッチン・ダイニングがひとつづきになっている。キッチンに立つ者をリビンクからも見ることのできるオープンな構造である。

リビングに入ってきた伸也が上着を脱ぐと、和美が受け取ってハンガーにかける。

（私も若い頃は、女房にああしてもらったな）

亡くなった妻を思い、そして、ふと和美に同じことをしてもらえたらと思い、何をバカなことを考えているんだと、自分を戒める。

「オヤジ、また飲んでるのかよ。飲みすぎるなよ」

白いワイシャツ姿の伸也が向かいの席に腰をおろした。疲れた顔をしていた。

「……早かったな」

「ああ、まあね……智己は？」

「とっくに食べ終わって、部屋に戻ってるよ」

「そうか……和美、俺も少し飲むよ」

伸也がキッチンにいる和美のほうを見た。

「はーい。おビールでいいですよね」

和美の弾んだ声が聞こえる。

「ああ……早くしてくれ」

すぐに和美が瓶ビールを運んできて、栓を抜いた。

伸也の差し出したコップにビールを注ぐのを見ていると、達夫は嫉妬に似た思いを感じて、目を逸《そ》らした。

2

深夜、小便がしたくなって達夫は目を覚ました。パジャマ姿で、部屋を出て廊下をトイレに向かう。

竹内家の二階には四つの部屋があって、達夫が使っている和室の隣が智己の部屋になっている。ひとつ空き部屋があり、伸也夫婦の洋間がある。

トイレで長い小便をする。

女房を亡くして以来排尿専用になっている肉の筒から、勢いのない放水が起こる。ジョボジョボという水音が深夜のせいか、やけに大きく聞こえる。

最近はオシッコの切れが悪くなった。よく振ってから、パジャマにおさめた。

トイレから出たところで、

「あああぁぁ」

女の低い喘ぎ声が、すぐ近くのドアから漏れてきた。

長男夫婦の寝室である。

(そうか、やっているんだな)

いつもならやり過ごすところだが、今夜は足が止まった。

長男夫婦と酒を飲み、風呂に入っていったん床に就いたのだが、喉の渇《かわ》きを覚えて階下に降りていった。

キッチンに向かおうとしたら、和美がバスルームから出てくるところと廊下で鉢合わせした。油断していたのだろう。水色のネグリジェの襟元が大きく開いて、乳房のふくらみがのぞいていた。

達夫を認めて、和美はとっさにネグリジェの前を合わせ、

「おやすみなさい」

うつむいて、足早に階段をあがっていった。

すれ違ったとき、石鹸と化粧水を足したような甘い芳香が匂った。

一瞬目にした乳房のふくらみと、男をそそる芳香が、達夫を昂らせていたのかもしれない。

ドアに近づいて耳を澄ますと、しばらくやんでいた和美の喘ぎ声がまた聞こえてきた。低い女の声が波のようにうねって、廊下にこぼれた。

達夫は足音を忍ばせて、寝室の隣の部屋に近づいた。そっとドアを開ける。

今は使われていない洋間で、隣室との境の壁の上部には空調用の孔《あな》が開いている。

父親が長男夫婦のセックスを盗み見るなど、最低である。

だが、達夫は結局誘惑に負けた。周囲を見ると、ちょうどお誂《あつら》え向きの丸椅子が脇に置いてある。

（誰がこんなところに椅子を？）

疑問に思いつつも、丸椅子を持って、壁際に置いた。

慎重に椅子にあがる。かつてクーラーが付いていた孔にプラスチックの蓋が閉めてある。その蓋を外して、直径十センチほどの開口部から隣室を覗いた。

目に飛び込んできた衝撃的な光景に、達夫は椅子から転げ落ちそうになった。

窓際に置かれたベッドの上に、伸也が立っていた。

そして、全裸の和美がその前にひざまずいて、フェラチオしていた。

シーリングの豆ランプに、おぞましい肉棹を口におさめている和美の色白の肌が陰影深く浮きあがっている。

（いかん！　こんなところを見てはいかんのだ！）

とっさに達夫は目をつむった。

だが、和美のセクシーな裸身が瞼の裏に焼きついていて、それが達夫を踏み込んではいけない領域に連れ込もうとする。

誘惑に負けて、壁にしがみつき、開口部から隣室を覗き込んだ。

最初はショックでぼやけていた視界が徐々にクリアになっていく。それにつれて、自分がしていることのおぞましさが消えていった。

ちょうど真横から二人を眺めることができた。和美は正座して、肉柱の裏のほうを舐めている。すでに挿入したあとなのか、いきりたつ肉棹がぬめ光っていた。

長男の勃起した持ち物を見るのは初めてだった。

(元気はいいが、私のほうが大きいな)

こんな状況にかかわらず、持ち物を比較している自分がいる。

「和美、キンタマも」

伸也のぼそっとした声が聞こえた。

「はい」

従順に答えて、和美が股ぐらに顔を埋めた。

下からすくいあげるように皺袋に舌を走らせる。顔を寄せたと思ったら、片方の睾丸が口のなかに消えていた。

夫婦である。親愛の情を示すために、このくらいはやって当然なのかもしれない。だが、日頃は淑やかな和美が男の睾丸を口に含むのを見て、かるいショックとともに痺れるような昂揚をおぼえた。

後ろに突き出された丸々とした尻たぶが、薄明かりのなかにほの白く浮かびあがっている。

（やはり、尻は立派だ。いいケツをしている）

細身なので、くびれたウエストから張り出した尻にかけての急峻なラインが、女の官能美をあますところなく伝えてくる。

伸也がひと言ふた言呟くと、和美は皺袋を吐き出して、裏筋を舐めあげていった。舌を接したまま、いきりたつ肉棹に上から唇をかぶせていく。

途中まで咥えて、かるくスライドさせた。

ゆっくりと吐き出して、ちゅっ、ちゅっと先端にキスをする。

顔を傾けて、亀頭冠の出っ張りに舌をからませる。

その丁寧な舌づかいには、伸也への深い愛情が感じられた。

（そうか、和美さんは男に尽くすタイプなんだな）

こんな女を嫁にした男は果報者だ。伸也が羨ましくさえ思えてくる。

和美は垂れかかったウエーブヘアを右手でかきあげて、耳の後ろに寄せた。

それから、勃起の根元をつかんで角度を調節し、かぶせた唇をリズミカルにすべらせる。指でも根元をしごいている。

（おおう、気持ちよさそうだぞ）

いつの間にか、達夫もパジャマのなかに手を入れて、分身を擦っていた。

熱を孕《はら》んだ肉茎は、ここしばらくなかった硬さでいきりたち、どくどくと脈打っている。

湧きあがる陶酔感で視野がぼーっとしてきた。

そのとき、和美が屹立《きつりつ》を深くまで咥え込むのが見えた。

両手を伸也の腰にまわして引き寄せながら、如意棒を思い切り喉の奥まで招き入れている。しばらくじっとしていたが、やがて、ゆっくりと顔を振りはじめた。

ぴっちりとからみつかせた唇を先端まで引きあげたと思ったら、今度はずずっと奥まですべらせる。ひょっとこのように突き出された唇がしなり、ゆがむのが見える。

だが、和美は美しい顔が台無しになるのを厭《いと》うこともせず、献身的に伸也を喜悦へと導こうとしている。

(いい女だ。うん、いい女だ)

男も五十歳を過ぎると、自然に「いい女」のイメージが出来てくる。

伸也が何か言いながら、和美の髪の毛を撫でている。

和美は肉棹を吐き出し、伸也を見あげて微笑んだ。

伸也がベッドに仰向けに寝た。

「今度は、和美が自分で入れろよ」

うなずいて、和美は伸也の腹をまたいだ。すっくと立つ裸身はスレンダーだが、乳房は想像以上に形よくせりだし、どちらかというと薄い上半身に較べて、尻まわりは発達していた。

達夫の過去の経験から推すと、こういう体型をした女は性の感受性に恵まれている者が多い。

（和美さんもそうなんだろうか？）

興味津々で眺めていると、和美は蹲踞《そんきょ》の姿勢を取って、猛りたつ肉柱を後ろ手につかんだ。

もう一方の手を前から持っていって、恥肉を指でひろげた。つかんだ肉の塔を動かして、開いているはずの濡れ溝に亀頭部なすりつけている。

「ぁあああぁ、いい……」

自分でも腰を前後に揺すりながら、和美が顔をのけぞらせた。

屹立の先をあてがって、腰を沈めていく。肉棹が体内に没すると、

「うっ、はぁああぁぁぁぁ」

つかんでいた手を放し、両手を前に突いて、上体をのけぞらせる。

膝は突かないで蹲踞の姿勢のまま、ゆっくりと腰を上げ下げした。

卑猥な格好だった。

あの淑やかで品のいい和美が男の股間にまたがって、尻を振っている。

徐々に腰の動きが速くなった。腰を下までおろし、また持ちあげる。

餅搗《もちつ》きのように、ぺったんぺったんと尻が打ちつけられ、そのたびに肉棹が出たり入ったりするのが見えた。

「ぁあぁぁ、伸也さん。いい？　これ、いい？」

「ああ、いいよ。最高だ。お前は最高の女だ」

「ああ、うれしい……ぁあぁぁぁやあああん、止まらない。恥ずかしいわ……止まらないの。見ないで。伸也さん、見ないで」

和美はやや前傾した姿勢で、腰を縦に振っていたが、やがて、両膝をベッドにぺたんとつけた。

足をM字に開き、硬直を深々と招き入れた姿勢で、くいっ、くいっと腰から下を前後に打ち振る。

ほほ真横から見おろしている達夫には、その卑猥な腰のしなりが手に取るようにわかった。

（おぉう、和美さん、なんだそのいやらしい腰づかいは！）

日頃の和美からは絶対に想像できない腰振りに、分身の先からはねばっとした液体があふれだした。

「ちょっと、ちょっと待て！」

伸也が、和美の腰をつかんで動きを制した。

「和美に任せておくと、チンチンがおかしくなっちゃうよ。こっちに」

言われるままに、和美が上体を前に倒した。

伸也が身を潜らせて、乳房を口に含むのが見えた。

乳首を舌で攻めているのだろう。

「ああぁ、いいっ……伸也さん、これ、すごくいい！」

和美が、くくっと顔をのけぞらせる。

「ぁあぁ、伸也さん。欲しいわ。突いてください」

伸也が腰をつかいはじめた。

膝を立てて、ぐいっ、ぐいっと下から双臀の狭間を撥ねあげている。

「うっ……うっ……」

呻いていた和美が、伸也にしがみついた。

そうしていないといられないといったふうに、伸也にぎゅっと抱きついて、さしせまった声をあげる。

(和美さん、色っぽいぞ。たまらん！)

握りしめた分身はかつてないほど膨張して、しごくたびに先走りの粘液がねちっ、ねちゃっといやな音を立てる。

達夫は目をつむりたいのをこらえて、隣室を覗きつづける。

二人は湧きあがる感情をぶつけるように、唇を強く押しつけあっていた。

どちらからともなく舌が伸び、ねちねちとからみあわせている。

(たまらん！)

ひさしく忘れていた感覚が体に甦ってきた。

達夫も女が嫌いではない。いや、全盛時には当たるを幸いに数多の女を薙《な》ぎ倒したものだ。だが、五十歳を過ぎて、ほとんどセックスレスの状態がつづいていた。

それが、長男夫婦の閨を覗いて、眠っていたものが起きたようだった。

二人はいったん離れて、伸也が上になった。

和美の膝をつかんでM字に開かせ、くいっ、くいっと腰を躍らせる。

達夫にも、肉棹が翳りの奥に入ったり、出たりするのが、はっきりと見えた。

「あっ、あっ……ぁあぁ、あたってます。伸也さんのが奥を突いてくる」

和美はシーツを持ちあがるほどに握りしめて、下から伸也と目を合わせようとしていた。

「そうか。あたってるか。あててほしいんだよな、和美は？」

「ああ、はい……あててほしい」

「ふふっ、和美はエッチだからな。こんなきれいな顔をしているのに、ほんとうはすごくふしだらな身体をしているんだ。そうだよな」

「やぁあぁん、言わないで」

「事実だから、仕方ないじゃないか。そうら、もっとあててやる」

伸也の腰づかいが大きくなった。下腹を突き出して、屹立を押し込んでいる。

左右の足を無残に開かれ、下腹部の翳りをあらわにされながらも、和美はこれ以上の快感はないといった様子で身悶えする。

スレンダーだが均整の取れた裸身が、突かれるたびに揺れて、乳房も躍る。

上から見ると、その形よく盛りあがった乳房がわずかに外を向いているのが、わかった。

（ケモノの乳房は子供に授乳しやすくするために、外を向いているというからな。こう見えて、和美さんはケモノの雌に近いのかもしれない）

日頃は知的で人間的な和美が、じつは野生に近いオッパイを持っているのだと思うと、卑猥な感情が込みあげてきた。

3

「あああぁ、伸也さん、来て。和美をぎゅっと抱いて！」

和美のさしせまった声が、達夫を現実に引き戻した。

伸也が足を放して、覆いかぶさっていくのが見えた。

足を伸ばし、のしかかるようにして、和美の肩を抱き寄せた。

こうして見ると、大柄な伸也の体に、やや小柄な和美の身体は隠れてしまう。ただ、M字に開かれて持ちあがった足だけが男の尻から突き出している。

伸也が動き出した。

可哀相なくらいに開いた和美の足の間で、男の尻が躍動している。

(セックスのとき、女はこうも恥ずかしい格好をしているのだな)

この歳にして初めて他人のセックスを覗き見して、それがわかった。

「おおぅ、和美。締まってくるぞ。お前のあそこがぎゅん、ぎゅん締まってくる」

伸也が吼《ほ》えながら、激しく腰を打ち据える。

「あああぁぁ、いいの。伸也さん、すごくいい」

和美の足が腰にまわった。

躍動する尻に踵《かかと》をつけるようにして足をからめ、手のほうも肩口にぎゅっとしがみついている。

「そんなにいいか？」

「はい、いい。蕩《とろ》けそうよ」

「そうら、イカせてやる」

伸也の腰づかいのピッチがあがった。

「あっ、あっ、あっ……ぁあぁぁ、イッちゃう。伸也さん、和美、イクぅ」

「そうら、イクんだ。そうら」

伸也が渾身の力を込めて、分身を叩き込んでいるのがわかった。

達夫も伸也に同化して、肉茎を激しくしごいていた。

親子で力を合わせて、嫁をイカせようとしている感じだ。

(伸也、頑張れ。もう一息だ！)

心のなかで叫んで、達夫も分身を速いピッチで擦った。

「あああぁぁぁ、イキそう」

「そうら、イクんだ！ うっ……」

伸也が唸って、尻を痙攣させた。

射精したのだろう。尻を震わせて、駄目押しの一撃を押し込んでいる。

ぐったりしていた伸也が腰を引いて、和美から離れた。

すぐ隣にごろんと横になる。

白濁液をわずかに付着させた肉茎が、役目を終えているのが見える。

和美もしばらく横たわっていたが、ゆっくりと身体を起こした。

伸也の胸に顔を埋めるようにして、胸板を手でなぞりはじめた。

さらには、伸也の乳首にちゅっ、ちゅっとキスをした。その手がすべりおりていき、まだぐったとしている肉茎をあやしはじめた。

（うん？ 和美さん、気を遣《や》っていないのか？）

きちんとイッたら、女はこんなすぐに動けないはずだ。

和美が何か言って、立ちあがった。

伸也の足の間に身体を入れて、しゃがんだ。股間のものの根元を指で挟んだと思ったら、振りはじめた。

ぶるん、ぶるん揺れているうちに、肉茎が一本の棒のようになってきた。

なおも打ち振りながら、和美は顔を差し出して、肉棹の鞭を頬で受けている。

(和美さん、なんてことを!)

息子の嫁のしどけない行為に、いったんおさまった昂りがまたぶり返してきた。

和美は幸せそうな表情で、夫の肉の鞭を顔面で受け止めていた。

しゃぶることのできる硬さになると、肉筒をねぶりはじめた。

自らの恥蜜と白濁液で汚れているのを厭うこともせずに、舌をからみつかせて、淫蜜を舐めとっていく。清めたはなから、自らの唾液を塗りつけている。

(こんなふうに、してほしいものだ……)

その愛情あふれる仕種を、達夫は羨ましいと感じた。自分もこうやって愛されてみたいと思った。

回復した肉の塔に、和美は上から唇をかぶせていく。ゆるやかに顔を打ち振った。

そのとき、カチャッという音がした。ドアが開くときの音だ。

達夫はおそるおそる振り向いた。

誰もいなかった。ドアも閉まっている。

(おかしいな。たしかにドアが開いた気がしたんだが……気のせいか)

再度、空調の孔から隣室を覗いた。

和美が這うようにして、長男の屹立に舌をからませているのが見えた。

だが、達夫はすでに現実に引き戻されていた。

（さっきのはドアが開く音だった。家のなかでそれが可能なのは、智己しかいない。まさか、智己がな……しかし、この椅子は誰がここに置いたんだろう？）

背筋が寒くなった。

様々な思いが脳裏をよぎり、それが自分のしている卑劣な行為への罪悪感へと変わっていった。

達夫は物音を立てないように、慎重に椅子から降りた。

椅子を元の位置に戻して、抜き足差し足で床を歩く。

ドアを開けて廊下に出た。人の気配は感じられなかった。

智己の部屋を見ると、明かりは消えて、物音ひとつしない。

（やはり、気のせいだったか……）

達夫はいまだにこわばっているムスコをなだめながら、自室に戻った。

その後、達夫は長男夫婦の性交を思い出しながら、ひさしぶりに自家発電をした。

第二章　淡い恋慕

1

（クソッ、あり得ない！）

自室に戻った智己は、明かりを消して部屋を暗くし、ベッドに倒れ込んだ。

今見た光景が、目に焼きついている。

父親が兄夫婦の寝室を覗いていたのだ。

そういう智己も、たまに兄夫婦の部屋を覗いていたのだからお互いさまなのだが、しかし、父親が息子夫婦のセックスシーンを盗み見るなど醜悪だ。絶対に許せない。

智己は兄嫁のことが好きだった。

兄に「お前のお義姉さんになる人だ」と和美を紹介されたとき、体に電流が走った。きれいだった。しかも、控え目で、美しさを鼻にかけたようなところは一切なく、全身からやさしさのオーラがにじんでいた。

結婚式で和美のウエディング姿を見たときには、うっとりしてしまった。

こんなにきれいな人が自分の義姉になるのだと思うと、周りに吹聴したくなった。

一緒に暮らすようになって、智己は第一印象が間違っていないことを確認した。義姉は最初は慣れないことが多くてとまどっているようだった。

それでも時間の経過とともに主婦ぶりも板につき、高校三年で大学受験期に入っていた智己を気づかって、やさしく接してくれた。

高校三年になるまで、恋らしき恋はしたことがなかった。片思いはあったけれど、引っ込み思案のせいか、思いを打ち明けることもできず、また、女性のほうから告白されることもなかった。

初恋……？　たぶん、そうだ。

そう思いたくはないが、智己が大学受験に失敗した理由の何割かは、和美のせいだった。受験勉強に専心しなければいけない大事なときに、智己は義姉のことで頭がいっぱいだった。

兄夫婦の隣室の壁に開いている空調用の孔がいけなかった。

以前から、あの孔には気づいていた。蓋を外せば、隣室が覗けることも。

受験勉強で深夜まで起きていたとき、ふと思い立って、孔から隣室を覗いてみた。

そのときに目にした光景は、今でもはっきりと覚えている。

義姉が兄に組み敷かれて、「いいの、伸也さん」と声をあげていた。

初めて聞く女の声だった。女の人はセックスのとき、こんな露骨な声を出すのだと思った。見ているだけで、膝が震えて立っていられないほどだった。

それからだ。勉強がまったく手につかなくなったのは。

オナニーのしすぎでぼうーっとした頭では、ただでさえいやな受験勉強などできるわけがなかった。

志望大学に次から次と落っこち、猛烈に反省した。

今は受験予備校に通い、真面目に勉強している。だが、兄夫婦の寝室を覗くことはどうしてもやめられなかった。

明日は朝一で予備校の授業がある。しかし、こんな状態ではとても眠れそうにもなかった。覗き部屋には、怖くて行けなかった。

智己は部屋を出ると、足音を立てないようにして階下へと降りていった。

ユーティリティの蛍光灯を点けて、洗濯機の前に置いてある脱衣籠をさぐる。真ん中あたりに、男物の下着に紛れるようにして、義姉の下着があった。

薄いベージュの飾りっ気のないブラジャーを手に取った。

レース刺繍《ししゅう》の入ったフロントを目に焼きつけてから、ブラジャーの裏の部分に顔を寄せた。

柔らかな素材で少し厚みのあるパットの部分を、鼻に押し当てる。

くん、と嗅ぐと、どこか甘酸っぱい匂いが顔面をやさしく包み込んでくる。

(ああ、この匂いだ。和美さんの体臭だ)

義姉はほとんど香水はつけないはずだ。それなのに、花のように甘い微香も混ざっていて、それが汗の匂いとミックスしてたまらない芳香を生んでいた。

脳味噌が蕩けていくような体臭をしばらく味わってから、ブラジャーを置き、代わりにパンティをつまみあげた。

薄いベージュだがサイドは細くなっていて、前面に刺繍が入っていた。

裏返すと、二重になった基底部にシミがくっきりと浮き出ているのがわかった。

(ああ、これは……！)

智己はたまに和美の下着を悪戯《いたずら》するのだが、これほどシミがはっきりと浮き出ていることはなかった。

(これで、あそこを包んでセンズリしたい！)

体を突きあげる欲望は抑えられなかった。ここでするのはもったいなかった。

持ち出しても、返しておけばわからないはずだ。

智己はパンティを握りしめて、ユーティリティの明かりを消した。

途中で誰かに会うと困るので、パンティをパジャマのポケットに押し込んで、階段を静かにあがっていく。

部屋に戻るなり、パジャマのズボンとブリーフを脱いだ。

下半身すっぽんぽんでベッドに寝ころんだ。

戦利品のパンティの基底部を左右からつかんて、ひろげてみた。天井からの明かりに透かすようにすると、シミの形状がはっきりとわかった。

ティアドロップ形に走るシミの上のほうは乾いているのか、白い粉のようなものが噴き出していた。だが、下方の太くなった部分はまだ新しく、黒ずんだシミがねっとり染み込んでいた。

（そうか、お義姉さんは今夜兄に抱かれることがわかっていて、待ちきれなくてあそこを濡らしてたんだな。お義姉さん、ああ見えても、セックスは激しいからな）

脳味噌が痺れるような昂奮のなかで、パンティを鼻先に近づけて、匂いを嗅いだ。

甘酸っぱい微香のなかに、どこか生々《なまなま》しい匂いが混ざっていた。

指でシミをなぞると、そこはねっとりとしていて、指先にもそれとわかるほどに湿っていた。

すくいとった愛蜜を指腹を擦りあわせて、粘度を計った。

(ぬるぬるだ。このいやらしいものが、和美さんのあそこから出てきたんだ。こんなに濡らして、抱かれるのを待っていたんだ)

智己はこらえられなくなって、シミをぺろっと舐めた。

時間が経過しすぎたのか、ほとんど味はしなかった。

すべすべした素材でできたパンティ基底部を顔面に押しつけ、ほのかな匂いを思い切り吸い込んだ。

基底部に舌を走らせて、ついには唾液でべとべとになるまで舐めた。

その頃には、股間のものが力を漲《みなぎ》らせて、擦ってくれと訴えていた。

ごくっと生唾を呑み込んで、智己はパンティで勃起を包み込んだ。

裏返し、シミの部分がじかに触れるようにして、パンティ越しに分身をゆったりとしごきだした。

柔らかな布地のすべすべした感じと、湿りけが押し寄せてきて、いつもよりずっと気持ちがいい。

「ああ、和美義姉ちゃん……」

いったんそう口に出して、すぐに、

「ああ、和美さん……」

と、言い換える。

「和美、和美、和美！」

名前を呼び捨てにし、きゅっ、きゅっとしごきあげると、熱く疼く感じがふくらんでくる。

目を閉じると、兄と和美のセックスシーンが瞼《まぶた》の裏に浮かんでくる。

思い浮かぶのは、なぜかいつも初めて覗き見たときの光景だ。

兄に組み伏せられて両手を万歳の形に押さえつけられ、激しく打ち込まれながらも、

「いいの、いいの」と気持ちよさそうな声をあげていた和美。

四つん這いになって、後ろからケモノのように犯されながら、和美はシーツを持ちあがるほどに握りしめて、悦《よろこ》んでいた。

最初は伸ばしていた手を折り曲げて、顔の横をベッドにつけ、尻だけを持ちあげていた和美。

まだ一分も経っていないのに、急激に射精感が込みあげてきた。

「ううっ、和美さん！」

脳裏のスクリーンのなかで、兄はいつの間にか智己自身に代わっていた。

そして、下になった和美に智己はのしかかるようにして、分身を打ち込んでいる。

童貞なので、女の膣がどんな具合かはわからない。だが、智己の記憶には、義姉の悶える表情や仕種が山のようにストックされていた。

かるく波打つ髪を顔面にほつれつかせ、細い眉を泣いているみたいにハの字に折り曲げて、男にしがみつくお義姉さん。

『あっ、あっ、あっ……ああ、いいの。智己さん、いいの』

和美の喘ぎ声が、たしかに聞こえた気がした。

『そうら、和美、そんなにいいのか?』

想像のなかで、智己は聞く。

『はい、いいの。イッちゃう。和美、イキそう』

『ふふっ、和美はエッチだからな。しょうがない女だ。そうら、イッていいぞ』

智己のなかでは、兄と自分がごちゃ混ぜになっているから、言葉遣いも大人びている。

うねりあがってくる快感の塊《かたまり》を感じて、智己は強く、速く、肉棹をしごく。

パンティのすべすべした感触が拍車をかける。先走りの粘液が大量にあふれだして、ねちっ、ねちっと音がする。

想像上の腰づかいとリズムを合わせていたが、ついにはこらえきれなくなって、今までの倍速で分身を擦った。

『そうら、お義姉さん、イケ。イクんだ！』

『ぁあぁぁぁ、智己さん、イクぅ……やぁあああぁぁぁぁぁ』

和美の絶頂の声を聞きながら、智己もしぶかせていた。

ツーンとした射精感とともに、歓喜の涙があふれ、全身が突っ張った。

体が爆発したのではないかと思うような発作が、ようやくやんだ。

違和感を覚えて見ると、亀頭にかぶせられていたパンティのなかに、白濁液が溜まっていた。

（しまった！）

これでは、悪戯したことがわかってしまう。

そっとパンティを外すと、べっとりと布地を汚している白い濁りがたらっと滴った。

腹部に落ちてきた精液をこぼさないようにしながら、枕元のティッシュボックスから大量のティッシュを抜き取った。

まず腹部の精液を拭って、次はパンティにかかる。

一応、きれいになったものの、よく見れば白濁液が付着していたのがわかってしまうだろう。だからといって、洗ったりしたら、余計にへんだ。

(お義姉さんだって、自分の下着をそんなに見ないだろう)

智己はパジャマのズボンを穿くと、義姉のパンティを返しに、階下へと降りていった。

2

翌日、予備校に出た智己は、午前中に二つ、午後に一つの計三コマの授業を受けて、家に帰ってきた。

午後三時。父は不動産事務所、兄は会社で、家には義姉しかいないはずだ。

玄関のドアを開けて入っていくと、リビングからバスルームやトレイに向かう廊下を、和美が雑巾がけしている姿が目に入った。

智己が帰宅したことさえ気づかないほどに、雑巾がけに夢中になっている。

和美はひとつのことをやりはじめると集中してしまうタイプなのか、よくこういうことがあった。

智己はガラスの入っている仕切りドアから、兄嫁の様子をそっと覗き見た。

雑巾をゆすいでぎゅっと絞り、長い廊下に置いた。

両手で押さえ込みながら、四つん這いになって廊下を走っていく。

まるで、小学生の真面目な子が掃除をしているみたいだ。

向こうに走っていくにつれて、持ちあがったお尻がはっきりと見えた。

エッチな格好だった。膝丈のスカートがずりあがって、太腿の後ろ側がかなり上まで見えてしまっている。

スカートがぱつぱつに張りつめるお尻は、後ろから見るせいか、よけいに丸みが強調されている。

廊下の端まで一気に走った和美は、そこで方向転換して、乱れた息をととのえる。

少し休んでから、雑巾に両手を置いて、クラウチングスタートのような格好からこちらに向かってきた。

タッ、タッ、タッと廊下を叩く軽快な足音とともに、和美が近づいてくる。

下を向いているために、U字に開いたブラウスの襟元がさがって、隙間から乳房のふくらみがはっきりと見えた。

襟元の隙間からのぞく下を向いた左右の乳房が、急速に近づいている。

ほの白く浮かびあがったふたつの乳房に、目が釘付けになった。

こちらの端まで走ってきた和美が、動きを止めた。そこで、ようやく智己に気づいて、ハッとしたように立ちあがった。

「智己くん、帰ってたの？」

そう言って和美は、二人を遮っているドアを開けた。額に浮かんでいる汗を右手の甲で拭った。

「あ、ああ」

智己は答えながら、気づいていた。

和美のあらわになった右の腋の下に触れている半袖のブラウスに、汗のシミがにじんでいることに。白のブラウスだから、少し変色した腋の下がよくわかった。

ずっと掃除をしていたのか、和美の身体は汗ばんでいて、ブラウスが噴き出した汗を吸って、ところどころ肌色が透けている。

和美が雑巾を置き、顔にほつれかかった髪をかきあげたとき、ふっと汗が匂った。甘酸っぱい体臭を嗅いで、智己はドギマギしてきた。

「お腹、すいてるんじゃないの？　何か、食べる？」

「いいよ。予備校で食べたから」

「そう……じゃあ、コーヒーでも飲む？」

「要らない。自分で勝手に飲むから」

「そう……」

和美の表情が曇った。

義姉は自分によくしてくれる。今だって、一緒にコーヒーを飲みながら予備校の話でもしたほうがいいに決まっている。自分だってそうしたい。

だが、智己は照れてしまってできない。それに、どこかで和美は兄の女だという意識があって、どうしてもぎこちなくなってしまう。

智己は和美とすれ違って、キッチンに向かい、冷蔵庫から清涼飲料水を取り出した。

「これ、もらってくから」

そう声をかけて、二階へとつづく階段を駆けのぼっていく。

自室のベッドに腰かけると、後悔の念が押し寄せてきた。

(和美さんがああ言ってくれるんだから、一緒にコーヒーを飲めばよかったじゃないか。そうすれば、汗でくっついたブラウスだってもっと見られた。なんで、素直になれないんだ?)

腹立たしい思いで、清涼飲料水をごくっと飲んだ。

渇いた喉を潤そうとつづけて流し込んだら、飲みかけだったペットボトルはあっと言う間に空になってしまった。

もっと欲しくなって、智己は階下へと降りていく。

冷蔵庫から新しいペットボトルを取り出し、戻ろうとしたとき、シャワーを使っている音が聞こえた。

バスルームに隣接している洗面所のドアが、少し開いていた。

(そうか、和美さん、シャワーで汗を流しているんだな)

立ち止まって耳を澄ますと、シャワーが跳ねる音と和美の鼻唄が聞こえてきた。

男性グループが歌っている最新のヒット曲をハミングしている。

我慢できなかった。

智己はドアの隙間からそっと体をすべりこませる。洗面所で気配を消して、バスルームのほうを見た。

曇りガラスを通して、肌色のシルエットが透け出していた。

立ってシャワーを浴びているのか、すっとした立ち姿が微妙に動く。同時にシャワーの音とハミングが聞こえる。

女らしい曲線を描く肌色のシルエットに思わず見入ってしまった。

義姉の身体は覗き見によって、しっかりと脳裏に刻み込まれている。だが、それとこれとは別だった。

曇りガラス越しに見る義姉の裸は、ある意味、じかに見るよりセクシーだった。

あふれでた生唾をこくっと嚥下して、下を見る。

脱衣籠に、スカートやブラウスとともに下着が無造作に放り込んであった。すぐに出るからと油断したのだろう。

脱いだままの形で置かれたピンクのパンティが、裏返っている。

(ピンクか……!)

注意を払いながら、しゃがみこんだ。そのとき、体勢が崩れて、膝に床を突いた。

義姉の鼻唄がやんだ。シャワーの音も止まって、

「誰？　智己くん？」

和美の声がする。

「あ、ああ。ゴメン。ちょっと、ウガイをしたかったから」

とっさに言い訳をしながら、立ちあがる。

「そう……」

「すぐに出るよ」

智己は自分のコップに水道の水を溜めて、ガラガラッとわざと音を立ててウガイを

した。吐き出して、退散する。

自室に戻っても、心臓の鼓動はなかなかおさまらなかった。

3

ごろごろしてテレビを見てから、智己は和美の顔が見たくなって、部屋を出た。

リビングに入っていくと、和美がソファで横になっていた。

反応がないのでおかしいなと思って見ると、和美は眠っていた。

着替えたのか、ノースリーブのニットに膝丈のスカートという姿で、ベッドの肘掛けを枕に横向きになり、目を閉じている。

(そうか、掃除で疲れて、眠ってしまったんだな)

智己は全身を見られる位置に移動して、遠巻きに眺めた。

窓から差し込む晩夏の午後の陽光が、ソファに横たわる義姉の無防備な姿を鮮明に浮かびあがらせている。

肘掛けに置いて合わせた両手の上に側頭部を載せて、目を閉じている。

こうしていると、寝顔は随分と若く見えた。

だが、規則的に上下動する胸のふくらみ方と、くびれたウエストから大きなお尻へとつづくラインは、成熟した女のそれだった。

そして……智己はごくっと生唾を呑み込んだ。

クリーム色のボックススカートがずりあがり、かわいい膝とそこからつづく太腿がかなり奥までのぞいていた。

膝を合わせているのだが、少しずれて膝を曲げているので、スカートの隙間からむちむちっとした太腿が刻む窪みまでがはっきりと見える。

(あそこに触ってみたい。どんな感じなんだろう?)

太腿の形や恥毛の生え方はわかっている。だが、この手で確かめなくては、知っていることにはならない。

(どうしよう?)

迷っていると、和美が寝返りを打った。

びっくりしたが、和美は仰向いただけで、また静かな寝息を立てはじめた。

片膝を立てたので、スカートがずりあがっていた。

胸の高鳴りを覚えて、智己はそっと足のほうにまわりこんだ。

上方へ向かうにつれて肉感的になる太腿が交わるところに、白のパンティがちらっと見えている。

義姉の立てていた膝が、背もたれのほうに開いた。

今度ははっきりと見えた。

むっちりした太腿の合わさるところを、白い布地が覆っているのが。

目を凝らすと、細くなった基底部が少し溝に食い込んでいるようにも見える。

先ほどから力を漲らせていた分身がさらにギンとしてきた。

智己はズボンのなかに手をすべりこませて、勃起をつかんだ。ゆるゆると擦っていると、快感とともに気持ちが大胆になってきた。

(ぐっすり眠ってるんだ。わかりはしないさ)

気配を殺して、ソファに近づいた。

足のほうにしゃがんで、顔を寄せる。すごい光景だった。

すべすべの太腿が一方は真っ直ぐに伸び、もう片方は立っている。そして、シークレットゾーンには、オフホワイトの光沢を放つパンティがぴっちりと食い込んでいる。

船底が狭くなっていて、脇から数本の縮れ毛がはみだしていた。

そして、やや下方には刻みが縦に走っている。

たまらなくなって、智己は顔を至近距離まで寄せ、匂いを嗅いだ。

甘酸っぱい女の匂いを吸い込みながら、肉棹をゆるやかにしごく。

荒くなった呼吸の風圧を感じたのか、和美がきゅっと足を閉じた。それからまた、ひろがっていく。

よく見ると、縦長のスジの下のほうに、シミが浮き出ていた。

(さっきまではなかったような……和美さん、夢でも見ているんだろうか。エッチな夢でも見て、ここを濡らしたんだろうか?)

そう思った途端に、強烈な欲望がせりあがってきた。

(ダメだ。こんなことをしては……だけど、やるなら今しかない。このチャンスを逃したら……)

智己は自分を追い込んでいく。

気づいたときは、右手が伸びていた。

太腿に触れないようにして、右手の指をそっとパンティの基底部に置いた。

和美は反応しなかった。依然として、静かな寝息を立てている。

(よし、これなら)

人差し指の腹で、ゆるゆると溝に沿ってなぞった。

布地はすべすべだが、どこかしっとりと湿っているようにも思えた。

気持ちの半分を和美の反応に、もう半分を指先に集中させて、静かに縦溝に沿って撫でさげる。下まで行ったら、また上に戻って、なぞりおろす。

心なしか、義姉の息づかいが乱れてきたように感じる。

きめ細かい肌が張りつめる太腿に、時々、痙攣が走った。

(お義姉さん、感じているのか?)

指に感じる感触が違ってきた。パンティ越しに感じる狭間が柔らかみと粘り気を増していた。

底のほうには完全にシミが浮き出て、なぞると指に湿りけが伝わってくる。

「ううん……」

呻きとともに、太腿が締まってきたので、あわてて指を外した。

和美はぴたっと閉じた太腿を、擦り合わせるようなことをした。

女の人がオシッコをしたくなって、もじもじするような仕種だ。

(絶対感じているんだ)

脳味噌が疼くような昂奮が、智己を大胆にさせた。

左足をつかんで、かるく開かせてみた。

すると、左足はぱたっと反対側に倒れて、背もたれにくっついた。

卑猥な格好だった。くの字になった膝がひろがって、スカートはめくれあがり、股間が丸見えだ。

エッチなスジの深さが増していた。左右の肉土手がせめぎあうように合わさるクレヴァスははっきりとしたシミを作って、変色している。

（ああ、お義姉さん……！）

智己は待望の花園にしゃぶりつきたいのを、ぐっとこらえた。

そんなことしたら、目を覚ましてしまうだろう。

気持ちを抑えて、船底の少し上をつかんだ。

持ちあげると、細くなったクロッチが裂唇に食い込んだ。

紐のように細くなった基底部は、まるで褌《ふんどし》のように恥肉を縦に割っている。

左右からはぷっくりして変色した肉土手がはみだし、柔らかそうな縮れ毛が生えているのまで見える。

（ううっ、なんてエッチなんだ！）

突きあげてくる衝動そのままに、智己は持ちあげているパンティをかるく左右に揺すってみた。

すると、ねちっ、ねちゃっと低い粘着音が聞こえてきた。

（いやらしい音がする。和美さん、やっぱり濡らしてるぞ！）

きゅっと強く引っ張りあげたり、左右に振ったりしていると、

「ううんん……はぁあああぁぁ」

和美の下腹部がぐぐっとせりあがってきた。

もう、どうなってもいいと思った。智己は急いでズボンを膝までさげた。

飛び出してきた分身は、下腹を叩かんばかりにそそりたっている。

左手で肉茎をしごきながら、右手でクロッチ部分を揺すったり、濡れ溝に食い込ませたりする。

いつもは右手でオナニーするので、左手でしていると、まるで和美にしごかれている気がした。

「あ、お義姉さん……たまんないよ。したいよ。お義姉さんのここに、入れたいよ。これを入れたい」

口に出すと、ますます気持ちが昂ってきた。

見ると、褌のようになったクロッチが食い込むあたりからは、ぬめるものがあふれて、肉土手を光らせていた。

(ああ、マン汁だ。お義姉さん、こんなにいっぱいマン汁を……！)

膨張しきった肉棹を擦るたびに先走りの粘液が精液のようにあふれだして、恥ずか

しい音がする。

(うおおっ、出るぞ。出ちゃう！)

紐のようになった基底部を思い切って、大きく横にずらしてみた。

すると、女の本体が姿を現した。

フリルのように波打つ左右の肉びらがほつれて、内部の粘膜をのぞかせている。

そこはローストビーフの切断面のような色と構造を示して、ぬめ光っている。

(こ、こんなになっているのか！)

びらびらがひろがった狭間には、複雑な肉の襞が入り組んでいた。少し白濁したマン汁がにじんで、全体をまぶしている。

下のほうに肉の窪みがあって、ひくひくと収縮していた。

(ここに、ここに入れるんだな)

舐めたかった。だが、ぐっと我慢した。

その代わりに触れるところまで顔を寄せた。

すると、今まで嗅いだことのない独特の臭気が、鼻孔から忍び込んできた。

(エッチな匂いだ。これが女の人の匂いか)

鼻先が接するほど顔を寄せて、きゅっ、きゅっと分身をしごいた。

（ううう……お義姉さん、出る。あんたのここにぶっかけてやる！）

我を忘れて、暴発寸前の怒張を擦っていると、義姉の太腿がぴたっと閉じられた。

ハッとして顔をあげると、和美が顔を持ちあげてこちらを見ていた。

「な、何をしているの！」

怯えた顔で言いながら、視線を智己のいきりたつ肉柱に向ける。

智己はあわててズボンをあげたものの、一瞬どうしていいのかわからなくなった。

「智己くん、どういう……」

「ご、ごめん！」

それだけ言うのが精一杯だった。

智己は脱兎のごとくリビングを飛び出した。足がもつれて、転びかけた。

階段を全速力で駆けあがっていく。自室に飛び込んで、ベッドに飛び込んだ。

（最悪だ。最悪だぞ……！）

恥ずかしくて、内臓が軋みあがった。

（今のは夢だったんだ！　俺は夢を見ているんだ！）

智己はすべてを忘れたくて、枕に顔を埋め込んだ。

第三章　閨の中

1

深夜、智己は机の前に座っていても、勉強が手につかなかった。

下半身がうずうずしていた。

時々こうなって、受験勉強どころではなくなる。

予備校のテキストを閉じて、シャープペンを握っていた右手をパジャマのズボンのなかへとすべりこませる。

硬くなっている肉茎を握って、目を閉じた。

瞼の裏に浮かぶのは、十日前に目にした和美の股間だ。よじれて紐のようになった基底部からいやらしくはみだした肉びら。そして、もろに見えた女性器の内部。

ピンクの肉襞が重なって、いやらしく光っていた。

だが、間近で義姉の花肉を観察できたことの代償として、智己は義姉の愛情を失った。

あれから、和美は警戒した態度をとるようになった。無理もないことだ。義弟が自分の股間に顔を埋めて、ペニスをしごいていたのだから。

(せっかくやさしくしてくれてたのに……どうしてあんなことをしてしまったんだろう? 和美さんがいけないんだ。あんな無防備な格好をしていたんだから)

猛りたつ肉柱をブリーフのなかで擦ると、アラジンのランプの精のように妄想が立ち昇ってくる。

頭のなかで、和美は自分の勃起をしゃぶっていた。

(ああ、お義姉さんに咥えてもらったら、どんな気分なのだろう?)

そのときふと、義姉の部屋を覗いてみたくなった。

兄は大阪への出張で、もう一週間も家を空けている。

大阪の支社で人材が不足していて、優秀な兄が駆り出されたらしい。

だから、セックスシーンは期待できない。でも、和美の寝顔は鑑賞できる。

父の覗きを目撃してから鉢合わせするのがいやで、あの部屋には行っていない。父もまさか、義姉ひとりのときに覗いたりしないだろう。

智己はティッシュをひとつかみ持つと、部屋を出て、隣室に向かう。

午前一時、家はしーんと静まりかえっていた。

足音を忍ばせて、隣室のドアを慎重に開けた。やはり、人影はない。

床を踏みしめて、智己が用意した丸椅子を兄夫婦との境をなす壁の前に置いた。

椅子にあがって、空調用の円形孔の蓋を外して、目を押しあてた。

天井の蛍光灯の豆ランプと枕明かりに、和美がベッドに寝ている姿が浮かびあがっている。行儀よく仰向けになり、両手を肌掛けのなかに入れている。

(きれいだ、お義姉さん。天使のようだ)

やさしく波打つ髪がほつれつく寝顔に見とれていると、和美の眉がぴくっと動いた。急に、泣きだす前のように眉根が寄せられる。

(うん、どうしたんだろう?)

見る間に、和美の表情が崩れていく。

かけていた薄い肌掛けがゆるやかに揺れはじめた。

毛布のような薄さの肌掛けなので、太腿や胸のふくらみまでもが浮き彫りにされている。太腿を覆っている部分が大きく波打ちはじめた。

(な、何をしているんだ、お義姉さん? ひょっとして……)

心臓の鼓動が急に速くなった。

「ううんん……」

和美の押し殺した喘ぎが洩れた。

胸の部分も揺れている。左右の太腿が交互に足踏みするように動いた。

繊細な顎《あご》がくっとせりあがる。

(オ、オナニーだ。お義姉さん、オナニーしてるんだ!)

そうとしか考えられなかった。

義姉と兄は羨ましいくらいに仲がいい。その兄が一週間家を留守にして、寂しくなったのかもしれない。

智己はパジャマとブリーフを膝までおろすと、硬くなった肉棹を右手で握りしめた。じっと目を凝らす。

和美が肌掛けのなかで、ごそごそやっている。

なかから取り出されたのは、パジャマのズボンと白っぽいパンティだった。

そう言えば、今夜、和美はパジャマを着ていた。

(ということは、下半身裸ってことだろ!)

パジャマの上着だけをつけた姿を想像して、勃起がびくんっと跳ねた。

掛け布団に覆われた股間のあたりが、ゆるやかに波打っている。

その上下動が徐々に激しくなり、いつの間にか掛け布団がめくれて、上半身がのぞいた。

和美は薄いブルーのパジャマのボタンを幾つか外した。そこから、左手を突っ込んで乳房を揉みはじめた。

「ううんん……ぁあぁぁ……んんんっ」

眉根を寄せて、くくっと顎をせりあげる。

胸のふくらみを揉む手の動きが激しくなり、足が突っ張っているのがわかる。

(ああ、すごいぞ！)

智己もきゅっ、きゅっと肉棹をしごく。

そのとき、和美がベッドから降りた。

(見つかったか！)

体をこわばらせていると、和美はドレッサーまで歩いた。

パジャマの上着だけつけていて、下半身はすっぽんぽんだ。

屈んだので、剝き出しのお尻が突き出された。無防備なお尻は丸々として、剝いたばかりのゆで卵みたいな光沢を放っている。

(すごいお尻だ。たまらない！)

ウエストがくびれているので、お尻の大きさが強調されている。形よく盛りあがったお尻を眺めながら、分身をしごきまくる。

和美はドレッサーの引き出しから何かを取り出すと、ベッドに戻った。エッジに座って、手にしたものを操作した。ピンク色の楕円体がビーッという音とともに震えているようだった。

童貞の智己にも、それが何かわかった。

たしかピンクローターと呼ばれている大人の玩具だ。エロ雑誌の通販の欄に写真付きで出ていたので覚えていた。

(お義姉さん、オナニーであんなものを使っていたのか!)

和美には似つかわしくない気がした。だが同時に、義姉の秘密を覗いた気がして、体が熱くなった。

コントローラーのスイッチを調節して、和美はベッドに仰向けに寝た。

パジャマの胸ボタンを全部外したので、形のいい乳房が飛び出してきた。

義姉は楕円体をかるく舐めると、それを乳房に押しあてた。

片方の手で乳房を絞りだし、いやらしくせりだした乳首の周辺にローターをあててなぞりまわす。

少し顔を持ちあげて、ローターが触れるところを見ている。

ビーッという振動音が、智己にも聞こえた。

それから、和美は楕円体を乳首本体にあてた。

「あっ……！」

びくんっと震えて、のけぞった。

くくっと唇を噛みながら、ローターが触れるところを見て、振動するもので右の乳首の側面をゆるやかになぞりまわす。

今度はトップに押しあてた。せりだした乳首がへこむくらいに強くあてて、

「ぁあぁぁ、んんんっ」

また、顔をのけぞらせる。

和美は右の次は左の乳首に添えて、バイブレーションを伝える。

肌掛けをかけていなかったので、全身が見えた。

乳首にローターをあてているのに、下半身のほうも反応して、太腿がぎゅうとよじりあわされたり、反対に開いたりする。

黒々とした繊毛が見え隠れしているのに目を奪われていると、ローターが下半身へとすべっていった。

左手の人差し指と中指で恥肉の上のほうを開き、そこにローターを押しあてた。

（きっとクリトリスにあててるんだ！）

日頃は淑やかな和美が、指でクリトリスを剝き出しにして、大人の玩具をあてている。

（ああ、エッチなお義姉さん！）

智己はますます強く分身をしごいた。先走りの粘液があふれて、ねちっ、ねちっと音を立てる。

「ううんん……ぁあぁぁ、うぐぐっ」

和美は左手の指をV字に開いて、そこに右手で持ったピンクのバイブをあてながら、顎をせりあげた。

一直線に伸ばされた太腿がぶるぶる震えている。

和美のしどけない姿を見て、智己は舞いあがった。昂奮の坩堝《るつぼ》に投げ込まれたようで、体が震え、先っぽから大量の粘液があふれた。

（ううっ、やりたい！　和美さんのなかにこれを入れたい！）

見ると、和美が身体の向きを変えるところだった。

義姉はゆっくりとした動きでベッドに四つん這いになった。

お尻を高々と持ちあげた姿勢で、腹のほうから手を潜らせてローターを太腿の間に押しあてた。すごくエッチな格好だった。

内部には入れていないから、きっとクリトリスにあてているのだろう。

ビーッという高い音とともに、和美の押し殺した声が聞こえた。

「ぁあぁぁぁ、ぁあぁぁぁ……欲しいわ。あなたのがここに欲しい」

喘ぎ喘ぎ言いながら、腰を横揺れさせる。

(ううっ、お義姉さん、俺が入れてやるよ。このカチカチをあんたのおまんこに入れてやるよ！)

体の底から欲望がせりあがってくる。

「ああん、ねえ、ねえ……」

和美はせがむようにお尻を振りはじめた。

前後にくいっ、くいっと揺すったり、腰のところから円を描くようにグラインドさせたりする。

ローターを置いたと思ったら、指を恥肉にあてた。

次の瞬間、右手の中指がなかに潜り込んでいた。

四つん這いの姿勢で右手の指を抜き差ししながら、

「ぁあぁ、欲しい。ちょうだい。あなたのを奥までちょうだい……うぐぐっ」

さしせまった声をあげ、尻をぶるぶる震わせる。

(ああ、お義姉さん！　俺が入れてやるよ！)

智己は正気ではなくなっていたのかもしれない。

椅子から降りると、ふらふらと部屋を出る。

頭のなかが沸騰している。

自分がしようとしていることの是非など考える余裕はなかった。

(犯せ。犯すんだ！)

頭のなかの声に従い、寝室のドアを開けて、足を踏み入れる。

ベッドに四つん這いになっていた和美が、ハッとしてこちらを見た。

体勢を直してベッドに座りながら、肌掛けをあわてて引きあげる。

2

智己が近づくと、和美が怯えた顔で後退《あとじさ》った。

そんな仕種が、智己の激情をますます駆り立てる。

ベッドの前まで来て、和美がつかんでいる肌掛けを力ずくで剝ぎ取った。

「いやっ……」

なおも肌掛けを求める和美に抱きついて、ベッドに押し倒した。

「やめてっ！」

手足をバタつかせて、暴れる和美。

その手をつかんで上からベッドに押さえつけると、

「智己くん、自分が何をしているのかわかっているの？」

和美が下から怯えた表情を向けた。

「オナニーしてたくせに」

「えっ……？」

「ピンクのバイブ、使ってただろ」

和美の顔がこわばった。

「覗いてたの？」

「うるさいよ！　兄貴がいないからって、へんなもの使ってオナニーしやがって。そんな女が、人のことを言えるのかよ」

和美は顔をそむけて、唇をぎゅっと噛みしめた。

はだけたパジャマからこぼれたほの白い乳房が喘ぐように上下動していた。あらわになった乳房の頂《いただき》には、赤っぽい乳首が見え隠れしている。

「欲しい、欲しいって言ってただろ。俺がくれてやるよ」

智己は両腕を押さえつけたまま、胸のふくらみに顔を寄せた。乳首にしゃぶりつくと、

「うっ……いやっ！」

和美が激しく胸をよじった。

逃げる胸を追って、乳首を乳暈《にゅううん》ごと思い切り吸った。

「ぁあぁぁぁ、ダメッ。智己くん、やめなさい……ぅうぅぅぅ」

和美は腕に力を込めて、胸を逃がそうとする。だが、両腕を押さえつけられているので、動く範囲は限られている。

甘酸っぱい汗の匂いがした。乳首はしこっているはずなのに充分柔らかくて、グミのような感触だった。

「わたしはきみのお兄さんの奥さんなのよ。わかってる？」

和美の声がする。

(そんなこと、わかってる。わかってるんだよ！)

心のなかで叫び、智己はますます強く乳首を吸い込んだ。

兄がやっていたのを思い出し、舌をつかう。上下に舐めると、しこった乳首が押し

つぶされて、すぐに元の形に戻る。

唇を押しつけたまま、夢中になって舌を打ちつけた。

「うっ……やめて……やめなさい……うっ、くうぅぅぅぅ」

和美が呻いた。

得体の知れない感情の渦がうねりあがってきた。

智己は乳首をちゅーっと吸い込んで、思い切り吸った。

「ううっ、痛いっ……」

智己の和美への思いが、口を衝いてあふれた。

「好きなんだ。お義姉さんが、好きなんだ！　どうしようもないんだよ」

和美の動きが一瞬止まった。

「一度だけだ。一度でいいから、抱かせてくれよ。我慢できないんだ」

衝きあげてくる欲望そのままに、智己は片手を下半身へとすべらせた。

汗ばんだ肌を伝わせ、柔らかな繊毛の流れ込むあたりに、手を潜り込ませる。

「うっ……」

和美が呻いた。きゅっと太腿を締めつけてくるが、動かせないほどではなかった。

太腿に圧迫されながらも、そこをいじった。

ぬるぬるだった。

（ああ、お義姉さん、こんなに濡らして！）

潤みに沿って指をすべらせると、ぬるっとした粘膜みたいなものが指にまとわりついてくる。

思い切って指を折って、力を込めた。

すると、中指が肉襞を押し退《の》けて、ぬるぬるっと埋まってしまった。

「くうぅ……いやっ……！」

和美が顎を突きあげるのが見えた。

智己の全身を熱い炎が焼いていた。

（これが、女の人の膣なんだ！）

無我夢中で動かすと、いやらしい音がして、脂《あぶら》の乗ったトロみたいな肉襞が指に吸いついてくる。

くちゅっ、くちゅという音が、指の動きを速めるにつれて、水が撥ねるような鮮明な音へと変わった。

「うぐっ……ぅうぅうぅ」

和美は洩れそうになる声を必死に押し殺している。それでも、下腹部が指の動きに応えて、持ちあがったり、横揺れしたりする。

（お義姉さん、感じてるのか……？）

頭のなかで、海が鳴るようなゴーッという音が聞こえた。

指を抜いて、パジャマのズボンをブリーフとともに膝までおろした。それから、和美の足の間に腰を割り込ませた。

脈動するものをそれらしきところに近づけた。

ギンギンになったものに右手を添えて、太腿の狭間を突いた。

和美は身を任せている。だが、切っ先はいっこうに入っていかない。

亀頭部がぬるっ、ぬるっと潤みをすべった。

気持ちがよかった。和美の濡れ溝が切っ先に触れただけで、熱いマグマがうねりあがってくる。

（おかしいぞ。入っていかない！）

焦りまくりながら潤みを突いていると、義姉の右手が伸びてきた。

肉棹をつかんで、きゅっ、きゅっとしごいてくる。

「ああ、よして！……ううっ」

情けない声をあげて、智己は唸った。

暴発寸前の分身を義姉の指でしごかれて、疼きがふくらんでくる。

「ぅうっ、くぅぅ」

「出していいのよ。お義姉さんの身体にかけて。いいのよ、さあ」

和美に甘く囁かれると、もう我慢できなかった。

連続して擦られて、

「うううぅ、おおぅぅ」

智己は吼えながら、爆発させていた。

勢いよく放たれた白濁が、和美の身体に飛び散った。

若い精液は顔面からはだけたパジャマの胸元にまで飛んで、義姉の肌をべっとりと汚していく。

3

智己は横臥して、和美の胸に顔を埋めていた。

和美は汚れたパジャマを脱いでいた。乳房に付着した白濁液はきれいに拭われていた。それでも、栗の花に似た異臭は残っている。

「智己くん、どこから覗いていたの？」

和美が聞いてくるので、

「ド、ドアからだよ」

智己はごまかした。覗き孔のことは知られたくなかった。孔をふさがれては困る。

「そう……恥ずかしいところを見られてしまったわね」

言いながら、和美はパジャマの背中をやさしく撫でてくれる。智己は下半身は裸で上着だけ着ていた。

「怒ってないの？」

「……怒ってなんかないわ。わたしがあんなことをしていたから、いけないの。ああいうところを見たら、おかしくなっちゃうわよね。智己くんの年頃なら」

当然叱責されると思ったのに、和美はむしろ自分を責めている。

（なんてやさしい人だ！）

そんな義姉が、智己はますます好きになった。

顔に触れる乳房に貪りつきたいのをこらえていると、和美が言った。

「この際だから言っちゃうけど。きみがわたしの下着に悪戯をしていたのは、知っていたのよ」

「……ご、ごめん」

やはりあのとき、ザーメンが付着した下着を発見されのだろう。

「あれから、下着はお風呂場でその日のうちに洗ってしまうことにしたの。きみはわからないかもしれないけど、女にとって、汚れた下着を見られるのって、すごく恥ずかしいのよ」

「ごめん、もうしないよ」

「わかってくればいいの」

そう言って、和美は顎の下に押しつけた智己の頭を撫でてくれる。

「智己くんが大変だってことはわかるわ。わたしも大学受験失敗してるから」

「えっ、そうなの？」

「そうよ……だから、今の智己くんの不安や焦り、居たたまれない気持ちはわかっているつもり」

「……お義姉さん？」

「なあに？」

「……いや、いいよ」

そう言って、智己は目前の乳首を悪戯する。

この人は家のなかで自分をわかってくれている唯一の人だ。やさしいし、心が広い。

何でも許してくれそうな気がした。

いまだに硬くせりだしている乳首に、ぺろっ、ぺろっと舌を走らせる。

「ああん、ダメでしょう」

そう言う和美の口調には、心底からいやがっているところは感じられなかった。

(ああ、お義姉さん。俺、心からあなたが好きだ)

智己は赤子のように吸いついて、乳房をモミモミする。

間を置いて吸引し、吐き出す。また、舌を躍らせる。唾液でぬめ光る乳首に舌をぶつけたり、吸ったりを繰り返した。

すると、和美の智己の背中をさする手に力がこもり、もどかしそうに腰が揺れた。

しなやかな手が智己の股間に伸びた。

分身はすでに回復の兆候を示し、棒状になっていた。

和美は硬化をはじめた肉茎に指をからませ、ゆるやかにしごいた。柔らかな指を感じて、智己の分身はますますいきりたつ。

下半身の膨張感に気を取られて、乳首を吸えなくなっていた。

「ううっ、お義姉さん」

「ふふっ、なあに?」

「そんなことされたら、また……」

「お義姉さんとしたいんでしょ、どう？」

「し、したいよ、もちろん」

そう答えながら、智己はもしかしてという気持ちで高鳴る。

「……このこと、絶対に内緒にできるって、約束できるよね」

「や、約束できる。絶対に人には言わないよ」

即座に言葉を返すと、和美が肉棹を擦りながら、説くように言った。

「このままだと、智己くんは受験勉強に集中できないわよね」

「ああ、集中できない」

「女の人を知っておいたほうが、すっきりして集中できるよね？」

智己は大きくうなずいた。

「勉強を一生懸命やるって、約束できる？」

「約束するよ。絶対に」

「わかったわ」

次の瞬間、義姉の身体が下のほうに移動していった。

こちらを向く形で這うようにして、屹立をつかんだ。根元を指で挟み、強く揺さぶってくる。

肉の塔が激しく前後左右に振られ、下腹にあたってぺちん、ぺちんと音を立てる。

「智己くんの、カチカチになってきたわよ」

薄く微笑んで、和美は顔を下腹部に寄せたので、ぶんぶん揺れる肉棹が顔面を打った。

ますます硬度を増した肉の塔に、和美は舌を伸ばした。

かるく先端を舐めてから、唇をすぼめてちゅっ、ちゅっとキスをする。

肉棹を指で支えて、顔を傾け、キスを側面におろしていった。

これまでの覗きで、義姉がフェラチオが得意なのはわかっていた。だが、見るのと実際にされるのとは違う。

ぷにぷにした唇が押しつけられるところから、ざわめきが起こる。

舌を押しつけられると、そのぬるっとした感触に、分身が躍りあがった。

いやそれ以上に、きれいで淑やかな義姉が自分のペニスを愛情たっぷりに舐めてくれることが、智己には夢のなかの出来事のように思えた。

和美はさらに顔を低くして、屹立の裏筋に沿って舐めおろした。

触れるか触れないかの微妙な感触が気持ちよくて、ぞくぞくっとした戦慄が分身を走り抜ける。

和美に膝の裏をつかまれたと思ったら、次の瞬間、ぐいと持ちあげられていた。

赤子がオシメを替えられるときのポーズだ。

キンタマどころか、お尻の孔まで見えてしまっているに違いない。

「ちょっ、ちょっと……！」

「なあに？」

「恥ずかしいよ、これ」

「ふふ、恥ずかしいからいいのよ。そのうち智己くんもわかるようになるわ……自分で足を持てる？」

とまどいながらも、智己は自分で膝の裏をつかんだ。

和美がくすっと笑った。きっと、醜いものが丸見えなのだろう。

義姉は開いた太腿から、中心へと舌を走らせる。

その間も、肉棹をしごいているので、相乗効果でますます快感が高まった。

やがて、なめらかな舌がキンタマに届いた。袋の皺をひとつひとつ伸ばすみたいに丹念に舐めてくる。

「あああぁぁ」

智己はみっともなく喘いでいた。

「気持ちいい？」

「あ、ああ」

「じゃあ、これはどう？」

次の瞬間、睾丸を片方頬張られていた。

温かな口腔のなかで睾丸をくちゅくちゅと揉みほぐされると、味わったことのない感触に分身はますますいきりたった。

和美は吐き出すと、もうひとつの睾丸も口に含んだ。

それから、さらに顔を下に移して、皺袋の付け根からアナルにかけてキスをおろしていく。

(ああ、そんなところまで！)

なめらかな舌が会陰部を這った。

唾液を塗り込めるように舌をすべらされると、あまりの気持ちよさに体が震えだした。

とくに睾丸の付け根が最高だった。そこを集中して舐めてくるので、智己は身をよじりたくなるような快美感に女のような声をあげていた。

粘っこい舌が裏筋を這いあがってきた。

和美はそのまま顔を離さずに、一連の動きのなかで上から頬張ってくる。

途中まで咥えて、亀頭冠を中心にゆるやかに唇をすべらせる。

「ううっっっ……!」

敏感な箇所をぷにぷにした唇で擦られて、のたうちまわりたいような快感が襲ってくる。

それがわかっているのか、和美はちゅるっと吐き出して、垂れかかる髪をかきあげた。耳の後ろに髪を束ねると、指で肉茎をしごきながら、じっと智己を見る。

もたらす効果を計っているように見てから、また頬張ってくる。

今度はぐぐっと一気に根元まで咥え込んだ。

屹立を喉まで呑み込んで、じっとしている。

ゆっくりと引きあげて、また唇をすべりおろす。

大きな振幅でのスライドを数度繰り返して、吐き出した。

智己の表情をうかがいながら、指で肉棹をきゅっ、きゅっとしごいてくる。

智己は巧みな性技に翻弄されて、ただただ呻き、喘ぐことしかできなかった。

精液が込みあげてきたり、引っ込んだりする。

フェラチオがこんなに気持ちいいことだとは知らなかった。可能な限り、こうされていたいと思った。

和美はふたたび唇をかぶせると、亀頭冠を中心にリズミカルに唇をすべらせながら、根元のほうを同じリズムでしごいてくる。

「うんっ、うんっ、うんっ……」

くぐもった声がリズミカルに撥ねる。

さっきから込みあげていた射精感が急激に高まった。

「ううう、お義姉さん、出ちゃう！」

思わず訴えると、和美は身体を起こした。

智己の下半身をまたいだと思ったら、しゃがみこんできた。

後ろ手に肉棹をつかんで中心に導き、肉茎を揺すりながら濡れ溝に擦りつける。

和美は片方の手を股間に持っていって、肉びらを指をV字にして開いた。

ぬるっ、ぬるっと亀頭部を擦りつけてから、中心部に導いた。

かるく腰を揺するようにして先端を招き入れると、手を放しながら腰を沈めてくる。

硬直が潤んだ肉路に吸い込まれていくのを感じて、智己は唸った。

「うっ……ぁあぁぁぁぁぁ」

和美が上体を真っ直ぐに立てて、顎をせりあげるのが見えた。

しばらくその格好で、じっとしている。

それなのに、内部の肉襞はざわざわとうごめきながら、分身を締めつけてくる。

（ううぅう……気持ちいい！）

智己はうっとりして、もたらされる快感に酔った。

「初めてよね、女の人は？」

和美の声が聞こえた。

智己は小さくうなずく。

「どう、童貞を卒業した感想は？　聞かせてほしいな」

義姉が上から微笑みかけてくる。

「……気持ちいいよ。すごく……」

「そう……よかったわ。安心した……動いていい？」

うなずくと、和美が静かに腰を振りはじめた。

腹に両手を突いて、ゆったりと腰を前後に揺する。

智己の分身は温かくてぬめる肉路に揉み抜かれて、たちまち追い詰められる。

「うううぅう、待って！」

「ふふっ、どうしたの？」

「……とにかく、待って」

和美は腰の動きを止めると、前に屈んできた。

智己を慈しむような目で見おろして、天使のように微笑んだ。

「わたし、童貞くんとするの、初めてなのよ」

「………」

「かわいいわ、智己くん」

やさしい笑顔を向けて、唇を重ねてくる。

ドギマギしながら、智己も唇を吸う。といっても、キスのやり方がわからない。

和美はいったん顔をあげて、

「いいのよ。お義姉さんに任せて……舌を出してみて」

おずおずと舌を差し出すと、義姉は舌の先をからめてくる。

舌の先をぺろっ、ぺろっと舐めた。次に舌先を横揺れさせて、ぶつけてくる。

それから、舌を呑み込んでかるく吸った。吸い込みながら、しごくようにして吐き出した。

「ぁあぁぁ……」

官能的な吐息がこぼれて、甘酸っぱい息の匂いがした。

また唇を合わせてくる。唇を接した状態で、ぬるっとした唾液を口移しに送り込んできた。

智己はすぐには飲み込まないで、義姉の唾液をじっくりと味わう。

少し甘い感じがする。和美と自分の唾液が舌の上でブレンドされているのがわかって、気持ちが昂る。

和美が舌を差し込んできた。

どう扱っていいのかわからないまま、智己は夢中になって応戦する。

唇を離して、和美が言った。

「少し動ける？　動けるなら、下から突いてほしい」

智己もそうしたいと思っていた。

膝を曲げて動きやすい体勢を取った。奥歯をくいしばりながら、下から腰を撥ねあげる。

ぎりぎりまで昂った分身が、ずりゅっ、ずりゅっと狭い肉路を斜め上方に向かって擦りあげていくのがわかった。

「うっ……うっ……」

突くたびに、和美は声を押し殺して呻いた。

狭隘な肉路を勃起が押し広げていく。きゅっと分身を締めつけられて、たちまち射精感が込みあげてくる。

「ううっ、ダメだ」

智己は動きを止めて、暴発をこらえる。

その間にも、和美は顔を撫でながら、キスをしてくれる。

智己は再度、動き出す。腰をつかんで、くいっ、くいっと下腹をせりあげると、

「あっ、あっ……ステキよ。智己くん、すごく感じる……ぁあぁぁぁ」

和美は上半身を反らせて、色っぽく喘ぐ。

(ああ、すごいぞ。お義姉さん、感じてる。俺だってできるんだ!)

自信のようなものが湧いてきて、智己は夢中で腰を突きあげる。

どういうわけか、さっきまで感じていた射精感はやってこない。あそこの感覚が鈍麻して、自分のものでないようだ。

「ううっ、お義姉さん、ううっ」

唸りながら、下から撥ねあげた。

「ぁあぁぁぁ、いい……どうしたの、智己くん？　すごいわ、すごい、すごい」

和美は上から抱きつきながら、打ち込みを受け止めている。

4

和美は上体を立てると、ベッドに突いていた膝をあげ、蹲踞の姿勢を取った。

腕を前に突いて前傾し、腰をゆったりと上下に振りはじめる。

「ああ、智己くん、見て。何が見える？」

和美に言われて、智己は顔を少し持ちあげた。

すごい光景だった。

義姉が腰を上げ下げするたびに、ぬめる肉の棹が繊毛の陰に隠れたり、姿を現したりする。

「どう、智己くん？」

「ああ、すごいよ。すごすぎる！」

智己には義姉の膣をうがっているものが、自分のものだとは思えないのだ。

和美はゆったりと尻をあげていき、肉茎の先端をもてあそぶように左右に揺すった。

「気持ちいい？」

「ああ、気持ちいいよ。ぅうう……」

亀頭部のくびれを締めつけられて、智己は呻く。

そんな義弟の反応を愉しむように、和美は腰を自在に縦運動させる。

腰振りが少しずつ速くなって、ぺったんぺったんと尻を下腹部に打ちつけられると、おさまっていた射精感が一気に込みあげてきた。

「くうぅぅ……お義姉さん、ダメだ！」

思わず訴えると、和美はぴたりと動きを止めた。

膝をベッドに突いたので、分身が根元まで呑み込まれる快感に、智己は唸った。

「智己くん、そのまま上半身をこっちに」

「こう？」

智己は腹筋運動の要領で、上体を起こす。

目の前に、義姉の顔とオッパイがせまってきた。

「キスしましょう」

導かれるままに、智己は唇を合わせる。

和美は肩のあたりに抱きついて、キスをしてくる。喘ぐような息づかいとともに、なめらかな舌が唇をなぞってきた。

智己が口を開けると、粘っこい舌がすべりこんできた。

歯茎の裏側まで伸びた舌が、つるっと横すべりする。

口を開けているためか、義姉の甘い息が匂った。

智己も舌をつかって応戦する。二人の中間地点で舌と舌がもつれあった。

舌をからませながら、義姉が腰を前後に振ったので、智己はキスしていられなくなった。

「ううっ、お義姉さん……！」

「気持ちいい？」

「はい、気持ちいい」

「オッパイを吸える？」

そう言って、義姉が上体を少し離した。

ちょうどいい大きさの乳房が円錐形にせりだし、ふくらみの頂で色づく乳首がいやらしくせりだしていた。

（なんてエッチなオッパイだ！）

誘われるように、智己は乳房にしゃぶりついた。

腰に手をまわして引き寄せながら、ふくらみの中心を貪り吸う。

「ああん、智己。そんなに強く吸ってはダメ。もっと、やさしく」

耳元で、義姉の声がする。

智己はいったん乳首を吐き出して、今度はかるく舐めた。唾液にまみれた突起に舌をまとわりつかせる。円を描くように舐めてから、舌でかるく撥ねあげる。

「ああん、それよ……上手いわ……ぁあぁぁ、お義姉さん、すごく感じる」

和美は首の後ろにつかまって上体をのけぞらせながら、くいっ、くいっと腰を揺すった。

分身が柔肉に揉み込まれる快感に唸りながら、智己は右の次は左の乳首をねろねろとしゃぶった。

「ぁあぁ、我慢できない……ねえ、智己、下にして。お義姉さんを下にして」

智己は乳房から顔をあげると、和美が方法を教えてくれた。

言われたように智己は義姉の腰を抱いたまま、前傾していく。

和美が後ろに倒れた拍子に、肉棹が抜けてしまった。

「大丈夫よ。こっちに」

智己が覆いかぶさると、和美は自分で足を開き、足の間から手を伸ばして、智己の猛りたつ分身を導いてくれた。

濡れ溝の中心に押しあてたので、智己は腰を進めていく。

さっきとは違って、弾かれることはなかった。先端がぬかるみを割ったと思ったら、ぬるぬるっと入っていく。

「うっ、ぁあぁぁぁぁ……いいっ」

和美が心からの声をあげたので、智己はうれしくなった。

だが、どうしていいのかわからない。とまどっていると、

「智己、義姉さんの膝をつかんで。そう……そのまま開いて。あなたは上体を立てたままでいいのよ」

和美が教えてくれたので、智己はその通りに膝を持ってひろげた。

いやらしい格好だった。

M字に開いた左右の太腿が合わさるところに、肉棹がすっぽりとおさまっている。

たまらなくなってピストン運動すると、繊毛の奥を分身がずぶずぶと犯していくのがまともに見える。

抜き差しするたびにねちっ、ぬちゃっと音がして、分泌液がすくいだされる。

「ぁあぁぁ、いい……智己、少しずつ速くしていって」

和美が顔を持ちあげて、言う。

眉根を寄せた今にも泣きださんばかりの表情にそそられて、智己は徐々に打ち込みのピッチをあげていく。

膝をつかんで開かせながら、下腹部を突き出す。

血管が浮き出るほどにいきりたったものが、義姉の恥ずかしい部分をずりゅっ、ずりゅっと犯している。

このシーンを何度想像して、自家発電したことだろう。

それが今、現実になっているのだ。

体の底から歓喜のうねりがせりあがってくる。

ぎゅっ、ぎゅっ、ぎゅっと肉棹を連続して押し込んだ。

「あっ……あっ……あっ……ぁあぁぁ、いいわぁ」

和美がシーツを鷲づかむのが見えた。

「ううっ……ダメだ。出ちゃう!」

「ああ、まだよ。我慢して……智己、こっちに」

言われるままに、智己は義姉に覆いかぶさった。

胸を合わせるような格好で、和美の肩のあたりを抱き寄せる。

「ぎゅっと抱いて。義姉さんをしっかり抱いてて」

和美が言って、しがみついてくる。

汗ばんだ肢体を引き寄せながら、智己は自分は幸せの絶頂にいると感じた。

猛りたつ分身は温かくてぬめる女の生き物に包まれている。そして、肉襞はうごめくようにして勃起に吸いついてくる。

「ああ、智己、幸せよ」

和美が髪を撫でてくれる。

智己は包み込まれるような愛情を感じた。同時に、この人にもっと悦んでもらいたいと思った。

少し上体を起こして、動きやすくした。

腕立て伏せの格好で、足を伸ばして腰をつかう。

神経を分身に集めて、ゆったりと打ち据えていく。

とろとろに蕩けた粘膜がまったりと肉棹にからみついてきて、奥歯をくいしばらなければいけなかった。

(我慢するんだ。お義姉さんをイカせるんだ)

智己はまとわりつく肉襞を押し退けるように、押し込んでいく。

「ぁあああぁぁぁ、はぁあぁぁぁ、いいの。智己、いいの」

和美が顔が見えないほどに、首から上をのけぞらせた。

「くうぅぅ、お義姉さん……」

熱い塊が下腹部でふくらむのを感じて、智己はスパートした。

奥歯をくいしばって、深いストロークを連続して叩き込む。

「あっ、あっ、あっ……ぁあぁぁ、すごい！　智己、すごい！……イッちゃう。義姉さん、イッちゃう！」

和美が二の腕にしがみついてきた。

指の強い圧迫を感じて、智己のボルテージが跳ねあがった。

体の奥底で何かが胎動して、せりあがってくる。

「ぅうぅっ、お義姉さん！」

玉砕覚悟で連打した。

「ああぁぁぁぁ、イクぅ……イク、イク、イク、イッちゃう……やぁああぁぁぁぁぁ」

和美の長く響く声を聞きながら、

「うっ……ぅわぁあぁぁ」

智己は放出しながら押し込んだ。

脳味噌がぐずぐずになるような射精感が、体を貫く。
それはオナニーのときとは較べものにならなかった。
体から何かが一気に抜け出していくような強烈な漏洩感だ。
すべてを打ち終えたところで、智己は義姉に体を預けていく。
体中のネエルギーを吸い取られたようで、少しも動けなかった。
やがて、和美の手が髪を撫でてきた。
「よかったわよ。智己、とても初めてとは思えない。立派よ」
和美の言葉がうれしかった。これ以上の幸福が他にあるとは思えなかった。
智己は射精の余韻のなかで、愛する義姉の慈しむような愛撫に身を任せていた。

第四章　導かれて

1

予備校でいつものように午前中に二つ、午後に一つの授業を受けて、智己は急いで帰宅した。

あれから、予備校に出ていても、早く家に帰りたくて仕方がない。

少しでも長く、義姉のそばにいたかった。

午後三時。父は六時過ぎにならないと帰ってこないし、兄は最近は大阪出張で家を空けることが多い。帰宅するときだって、十時近い。

「ただいま」

智己がリビングに入っていくと、和美がキッチンに立っているのが目に入った。

「お帰りなさい。マフィンを焼いているのよ。食べるでしょ？」

カウンターの向こうから、和美が声をかけてくる。

半袖の白のニットに包まれた胸が、こんもりと盛りあがっている。

「ああ、ありがとう」

智己はバッグをテーブルに置くと、キッチンにある冷蔵庫に向かった。

冷蔵庫から清涼飲料水を出して、ごくっと飲む。

和美がマフィンのタネをオーブンに入れる後ろ姿を見ていると、我慢できなくなった。立ちあがったところを、後ろから抱きしめる。

「ああん……ダメよ」

「我慢できないよ」

「もう……しょうがないな」

和美は向き直って、智己を見た。

「智己くんのために、マフィン焼いてたんだけど」

「ありがとう。このまま放っておけば焼けるんだろ？」

「そうよ……」

「だったら……」

智己は義姉の身体を強く抱きしめた。腕に力を込めると、細身の肢体がしなって、ひとつになる気がする。

「勉強、ちゃんとやってるわね？」

和美が耳元で言う。

「やってるよ……お義姉さん、なんか、母さんみたいだな」

「そうよ。わたしは智己くんのママでもあるのよ」

「教育ママだな」

「そうよ。しっかりお勉強しない子には、ご褒美はあげないから」

「……やってるから、貰えるよね？」

「そうね。勉強に差し支えない程度なら」

和美は智己の顔を両手で挟むようにして、額にちゅっとキスをしてくる。

「ああ、お義姉さん……」

智己は前にしゃがむと、フレアスカートがまとわりつく下腹部に顔を埋めた。

腰に手をまわして抱き寄せ、顔面を腹部に擦りつける。柔らかな素材を通して、義姉のふっくらとした腹部が感じられる。

お尻を撫でまわすと、スカートがすべって臀部の形までもがはっきりと手のひらに伝わってくる。

こらえきれなくなって、柔らかな素材のスカートをまくりあげた。

「あっ、コラッ！」

和美があわててスカートをおろそうとする。

その手を撥ねのけて、下腹部に顔を埋めた。

和美はパンティストッキングを穿いていなかった。シルクグレー色の大人びたパンティが大切なところをかろうじて覆っている。

刺繍が施された前面に鼻先を擦りつけ、基底部にしゃぶりついた。

「あんっ……ああん、ここじゃ、ダメ」

和美が腰をくいっとよじった。

（キッチンでなかったら、いいってこと？）

そう言いたくなるのをこらえて、パンティの底にキスをする。

脳味噌が蕩けるような甘酸っぱい匂いのなかで、ふくらみに舌を走らせた。

「あっ……あっ……」

義姉はびくっ、びくっと震えながらも、足を開き、下腹部をせりだして舐めやすくしてくれる。

すべすべしたパンティに舌を這わせているうちに、唾液を吸い込んだ布地が吸いついて、恥肉の形がくっきりと浮かびあがった。

智己はパンティに手をかけると、一気に引きおろす。膝までさがった布地をさらにさげると、和美は足踏みするようにして脱がせるのに協力してくれた。

無防備になった下腹部で、長方形に繁茂した繊毛の黒さが目を射る。思わずしゃぶりついていた。

片足を持ちあげるようにして、狭間に貪りつく。

フレアスカートがさがってきて、智己の顔をふわっと包み込んだ。光が遮られ、あたりが暗くなった。感触を頼りに恥肉を舐めしゃぶる。

「んんんっ……ぁああん、やぁあああ、ぁああうぅぅ」

和美のセクシーすぎる声が聞こえる。

下腹部がじりりっ、じりりっと揺れて、そこが濡れてくるのがわかった。スカートのなかには、さっきより強くなった性臭がこもっていた。甘酸っぱさのなかにも女の生々しさを感じさせる匂いだ。

義姉に男にしてもらったのが、十日前。

一度だけと言われていたが、どうしても我慢できなかった。兄が家を空けていた夜、ダメモトで寝室に忍んでいったら、和美は「しょうがないな」と言いながらも、智己の激情を受け入れてくれた。

智己には、夢のような夜だった。

それから、兄が帰ってきたこともあって、相手にはしてもらえなかった。

今日は虫の居所がよかったのかもしれない。

馥郁《ふくいく》たる匂いのなかで、肉の狭間をしゃぶっていると、

「いいわ。今度は、お義姉さんがやってあげる」

和美は足を閉じて、智己を立たせた。

智己がキッチンを背にすると、ベルトをゆるめて、ズボンを脱がせてくれた。

それから、テントを張っているブリーフに顔を寄せてきた。

「ふふっ、すごいわね。先っぽから、もうにじんでる」

悪戯っぽく言って、ふくらみにキスをしてくるので、分身がブリーフのなかで跳ねた。

和美は突っ張っている部分を高い鼻でつんつんとあやした。それから、頬擦りしてくる。右の頬の次は左の頬と、硬直に押しつけてずりっ、ずりっとさすりあげた。

(ああ、お義姉さんは本当におちんちんが好きなんだな)

智己は心のなかで呟く。

和美はいったん顔を離すと、ブリーフをつかんでめくりおろしていく。ブリーフがおりていくはなから、硬直が飛び出してくる。和美は、下腹を打たんばかりに持ちあがった肉柱をちらっと見て、

「すごいわね。そんなに、お義姉さんとしたかった？」

口許に笑みをたたえて、見あげてくる。

「ああ、したかったよ。すごく」

「でも、わたしはあなたのお兄さんの妻なの。だから、たまにしかつきあえない。それでも、いい？」

「……いいよ、それで」

本当は恋人のように、自分の嫁のようにセックスしたかった。だが、それが無理なこともわかっている。

和美は屹立の根元をつかむと、裏筋に沿って睾丸のほうから舐めあげてくる。なめらかな舌が這いあがってくると、ぞくぞくっとした戦慄が走り抜けた。

和美は皺袋を片手で揉みながら、肉茎の裏のほうを舐めたり、キスしたりする。途中でちろちろと舌であやされると、分身はますますいきりたつ。

這いあがってきた舌が、そのまま亀頭部にからみついた。

割れ目を蛇の舌のようにちろちろとあやしてくる。

まわりこんで、亀頭冠の出っ張りとくびれにまとわりついてきた。

「ううっ、くうぅぅ」

こらえられなくなって、智己は腰を前後に振っていた。

「どうしたの、智己くん？」

義姉はわかっていて聞いてくる。

「く、咥えてほしい」

「どうしようかな？」

かわいく小首を傾げる和美。

「頼むよ……お願いします」

最後は丁寧に頼むと、和美は微笑んで、上から頬張ってきた。

柔らかな唇をひろげて途中までおさめ、なかで舌をぶつけてくる。

それから、ゆるやかに唇をすべらせる。

根元のほうを指でしごかれているので、智己は一気に高まる。

「つーっ、お義姉さん！」

だが、和美はますます激しく唇をスライドさせるので、智己は唸りながら天井を仰いだ。

「ダメッ。お義姉さん、ダメだ！」

思わず訴えると、義姉はちゅるっと肉棹を吐き出し、垂れかかる髪をかきあげながら、智己を見あげてくる。

全体を右手でつかみ、包皮を亀頭冠にぶつけるように肉の塔を擦りながら、

「智己くんの部屋に行こうか？」

「あ、ああ、行きたい」

智己が答えると、和美は微笑みながら立ちあがった。

2

自室に入ると、和美が言った。

「きみが勉強しているところを見たいんだけどな……ただし、その格好でね」

智己は下半身すっぽんぽんだった。和美もスカートは穿いているが、パンティはつけていない。

「えっ？　なんか、恥ずかしいよ」

「いいから。お義姉さんの言うことを聞きなさい」

「わ、わかったよ」

すぐにでも義姉に飛び掛かっていきたかった。それを抑えて机の前に座り、言われるままにそばにあった英語の教材を開く。

その間に、和美もスカートを脱いだので、女らしい曲線を示す下半身があらわになった。下肢は細いが、太腿から尻にかけてはむっちりと肉感的だ。ほの白い腹部の底で黒々とした翳りが繁茂しているのが、すごく生々しく感じる。

白のサマーセーターに無防備な下半身という姿にドギマギしていると、和美が机の上を覗き込んできた。

「分詞構文ね。これなら、お義姉さんもわかるわ」

そう言って、胸を押しつけてくる。むぎゅっとした胸の弾力を感じて、おさまりかけていた分身がまた力を漲らせてきた。

「お、お義姉さん……」

「ふふっ、なあに？」

和美はますます強く胸のふくらみを寄せてくる。

「これじゃ、勉強できないよ」

「ダメじゃないの。勉強するところを見たかったのに、きみのおちんちん、こんなになってるわよ」

回転椅子をギィッとまわして、和美は前にしゃがみ込んだ。

足の間に身体を割り込ませ、そそりたつ肉柱をいきなり頬張った。

「くうぅぅぅ……！」

今度は容赦なかった。和美はこわばりをすっぽり咥え込んで、速いピッチで顔を上げ下げする。

まったりとした唇で敏感な亀頭冠を往復されると、智己はたちまち追い込まれる。

「くうぅぅ……お義姉さん！」

和美は顔をあげて智己を見あげながら、指で肉茎をきゅっ、きゅっと擦った。

「智己くん、これをどうしたい？」

「い、入れたいよ。お義姉さんのあそこに入れたいよ」

「どうしようかな？」

「……お願いだ。義姉さん、頼むよ！　うぅうぅっ」

足を突っ張らせて、智己は訴える。

「お義姉さんのことが好き？」

「ああ、大好きだ」

「もっと、言って」

「お義姉さん、好きだ。死ぬほど好きだ」

和美は立ちあがると、椅子に座っている智己を正面からまたいだ。

にじりより、屹立をつかんだ。

そそりたつ肉柱の頭部を、少し開いた太腿の間に擦りつける。

柔らかな繊毛が触れる。その奥は、びっくりするほどに濡れていた。

肉の襞が割れて、内部の粘膜で亀頭部がぬるっ、ぬるっとすべる。

(エッチなお義姉さん！　普段はお淑やかなのに、いざとなるとすごくいやらしくなる！)

昂奮しすぎて、頭のなかがぼーっとしてきた。

和美は躍りあがる分身を導いて、ゆっくりと腰を沈ませてきた。

入口の窮屈なところを突破して、硬直が肉路をこじ開けていく確かな感触が伝わってくる。

「うっ……ああぁぁぁ」

和美はのけぞりながら、肩に手を置いた。衝撃がおさまると、

「智己、お義姉さんの服を脱がせて。できる？」

正面から黒目勝ちの瞳で見据えてくる。

うなずいて、智己はサマーニットに手をかける。下のほうからめくりあげていくと、和美が手をあげて助けてくれた。

すぽっと抜き取る。

目の前に、シルクグレー色のブラジャーに包まれた乳房が息づいていた。

「ブラも外せる？　外してほしいな」

「や、やってみるよ」

女の人のブラジャーを外すなど、初めての経験だ。

不安のなかで、義姉の背中に手をまわしてホックを外そうとする。いったん引っ張ってゆるめた。上のホックは外れたが、下が引っかかっていた。

なかなか外れなくて焦った。

それでも何度も試みるうちに、ようやく取れて、ブラジャーがゆるんだ。

和美はブラジャーを肩から抜き取って、机の上に置いた。

それから、智己の肩に手を置いて、腰を揺すりはじめる。

前後になめらかに腰を振りながら、キスしてきた。

主導権は和美が握っていた。

「舌を出して」

言われるままに舌を差し出すと、とろっとした唾液をたたえた舌があやしてくる。

「くうううぅ……」

智己はもたらされる快感に唸った。舌を吸われ、肉棹を揉み抜かれる。

義姉は舌をねちっこくからませながら、徐々に腰の動きを大きくしていった。

ついには唇を離して、「ぁあぁぁぁ」と艶《なまめ》かしく喘いだ。

智己の肩にぎゅっとつかまり、もっと動きたいのに動けないもどかしさをぶつけるように、腰を前後左右に強くくねらせる。

「ああ、恥ずかしいわ。こんなお義姉さん、いやじゃない？」

和美が耳元で囁いた。

「いやなわけないよ。大好きだ」

「本当？」

「ああ、大好きだ」

「いい子ね……お義姉さん、もっと動きたいの。ベッドに行こうね」

和美は「うっ」と呻いて肉棹を抜くと、智己から離れた。

足をもつれさせながら、智己のベッドに腰をおろした。

自分のベッドに、一糸まとわぬ義姉が座っているのを見ると、得体の知れない歓喜の渦が巻きあがってきた。

ギンギンになった肉柱をあらわに、飛びつくようにして和美を押し倒した。

「あんっ……！」

後ろに倒れて、和美は小さな声をあげた。

3

智己は形のいい乳房をつかんで絞りだし、せりだしてきた乳首にしゃぶりついた。貪り吸うと、

「ううっ……痛いわ。言ったでしょ。やさしくって」

和美の声が聞こえる。

そうだったと反省して、智己は今度は丁寧に乳首に舌を這わせる。

弾力あふれる乳房を指で強弱つけて揉みながら、濡れている乳首を上下に舐める。しこった乳首が揺れて、和美は「ぁあぁぁ」と声をこぼした。

今度は舌を横揺れさせて、突起を弾く。

ちゅっぱっと口に含み、かるく吸って、ゆっくりと吐き出す。

「ああ、上手くなったわよ」

髪をやさしく撫でてくれるので、智己にも自信のようなものが湧いてきた。

丹念に乳首を転がしてから、下半身へと身体を移動させていく。

足の間に体を入れて、繊毛が渦を巻いているところにちゅっ、ちゅっと唇を押しつける。恥毛はミンクの毛のように柔らかい。

濡れ溝へと舌をおろしていくと、

「あぁぁ、いやっ」

太腿がぎゅうとよじりあわされる。

「お願いだ。お義姉さんのここを見たいんだ」

「でも、今、きみのが入ってたのよ。恥ずかしいわ」

「平気だよ」

膝をつかんで力を込めると、左右の太腿がひろがって、女の局部が目に飛び込んできた。

フリルのようによじれた肉の翼がひろがって、ピンク色の肉襞が凝集するぬめりをのぞかせている。

(きらきら光って……なんていやらしいんだ)

智己は誘われるように顔を埋めた。

愛蜜の甘酸っぱい匂いを感じながら、貪りついた。

夢中で肉びらを吸い込み、ちゅっぱっと吐き出す。狭間に沿って舐めると、

「やあぁぁ、あっ、あっ……」

和美は切なそうに喘いで、下腹をもじつかせる。

智己は舌を丸めて、下のほうで息づく肉孔に差し込もうとする。なかなか上手く入らない。それでも、強引に舌を潜り込ませると、表面を舐めているときには感じなかった不思議な味がした。

押し込んだり引っ込めたりしていると、

「うぐぐっ……ぁああぁぁ、いいわ」

感じるのか、和美は気持ちよさそうな声をあげて、シーツを握りしめる。

いったん舌を引っ込め、全体にキスをしていると、和美が言った。

「上のほうに突起があるでしょう。そこを指で開いて、舐めて」

「わ、わかったよ」

和美はオナニーするときも、バイブをクリトリスにあてていた。きっと、クリちゃんがすごく感じるのだろう。

智己は恥肉の上方で皮に包まれている肉芽を見つけ、そっと指を伸ばした。

三角帽のように尖《とが》った部分を指でひろげると、それを包んでいた皮が剝けて、赤い小さな突起が現れた。

「そこはすごく敏感なところだから。やさしくしてね」

和美が顔を持ちあげて言う。

心のなかでうなずいて、智己は丁寧に舌を走らせる。かるく舐めただけで、和美は声をあげて、太腿を突っ張らせた。

(やっぱり、ここは急所なんだな)

舌を上下につかったり、横につかったりして、それとわかる突起を弾く。

「ああ、上手いわ……今度は吸ってみて。かるくでいいのよ」

和美に言われて、智己は教えられたように肉芽を頰張り、かるく吸引した。愛蜜の潤いとともに、小さなものが口に入ってくる。

「うぁあぁぁぁ……はぁああぅぅ」

和美はさしせまった声をあげて、太腿をさらにこわばらせた。

智己はちゅるっと吐き出して、また舐めた。赤珊瑚《さんご》色にぬめる生き物のような突起にちろちろと舌を走らせると、

「ぁあぁぁ、ぁあぁぁ……いいわ。いいの……ねえ、智己くん、欲しくなっちゃった。きみのが欲しいわ」

和美は切なそうに腰を揺らして、智己を潤んだ瞳で見る。

先ほどから、分身は痛いほどに勃起していた。

智己は顔をあげると、体を寄せ、屹立で濡れ溝をさぐった。

すると、義姉は自分から曲げた膝を少し持ちあげてくれたので、挿入すべき孔の位置がよくわかった。

ピンクの肉襞が折り重なる部分の下のほうで、窄《すぼ》まりがひくついて、そこから白濁した汁があふれていた。

(ぬるぬるだ。お義姉さん、本当にこいつが欲しいんだな)

感激しながら、智己は勃起の先を窄まりに押しあてた。

そのまま、ぐっと力を込めると、切っ先が狭いところを押し退けてすべりこむ感触があった。

「うっ……そう、そこよ。そのまま……」

義姉に励まされるように腰を進めた。硬直はぬるぬるっと嵌まり込んでいく。

「ぁあぁぁ……入ってきた」

和美は顔をのけぞらせて、喘いだ。

分身を温かく包み込む肉襞のうごめきを感じる余裕もなく、智己は無我夢中で腰をつかった。いや、つかわされている感じだった。

たん、たん、たんと連続して肉棹を叩きつけると、

「あっ、あっ、あっ……いいわ。いい……智己くん、ステキよ」

和美が下から見あげてくる。それから、言った。

「膝の裏側に腕を入れて、前に屈んでみて……そうすると、腰があがって深いところに入るのよ」

「わ、わかったよ」

智己は言われたように、腕を立てて足を開かせた。発達した太腿から尻にかけてが持ちあがり、たしかに打ち込みやすくなった。二つ折りにされた腰めがけて、肉棹を打ちおろしていくと、

「ぁああ、突いてくる。きみのが深いところを突いてくる……ぁあぁぁぁぁ」

和美は心からの悦びの声をあげる。

それは智己も同じで、ぐにゅぐにゅしたところを擦りあげるたびに、どんどん快感がふくらんでくる。

もっとじっくり攻めて、義姉を悦ばせたい。絶頂に導きたい。だが、それよりも自分の快感のほうが勝っていて、勝手に腰が動く。

「おおぅ、出すぞ」

吼えながら、屹立を叩き込んだ。

発射寸前で、義姉が智己の腰に足をからめてきたので、動けなくなった。

「まだ、ダメよ。もう少し我慢して」

律動をやめている間も、義姉の膣はうごめいて分身を絞ってくるので、智己は奥歯をくいしばって暴発をこらえなければいけなかった。

「智己くん、一度、抜いてみて」

「えっ？　あ、はい」

智己が腰を引いて離れると、和美はベッドに這って、尻を突き出してきた。

「後ろからちょうだい。できるわね？」

自信はなかった。だが、だいたいのやり方はエロコミックで見てわかっていた。

ハート形に張りつめたむっちりした双臀が切れ込むところに、アナルの窄まりがひくつき、その下で裂唇がいやらしく口を開いている。

セピア色にめめる菊花状のアナルを見ても、汚いとか醜いとは感じなかった。むしろ、かわいく感じた。底で息づく恥肉のあられもない姿が劣情を駆り立てる。

智己は猛りたつ肉柱を手でつかんで、肉びらの狭間に押しつけた。

片手で腰をつかみ寄せ、ゆっくりと進めると、切っ先がぬるぬるっと潜り込んでいった。

「はうっ……！」

和美の一瞬縮こまった背中が、弓のように湾曲した。

（ああ、簡単に入っちゃったぞ！）

智己は本能的に腰を叩きつけた。前から繋がっているときよりも、ピストン運動がスムーズにできた。

調子に乗って、叩き込むと、

「あんっ……あんっ……ぁああうぅぅ」

両手を伸ばして身体を支え、激しい打ち込みを受け止めている。

しなった背中がよく見えた。染みひとつない色白の背中がピンクに染まっている。

くびれたウエストから急激にふくれているお尻への曲線が、たまらなくセクシーだ。

その細くなった部分を左右からつかみ寄せて、無我夢中で腰を叩きつける。

「ああ、強い……智己くん、すごい。届いてる。奥まで届いてる……ぁあぁぁ」

和美はつぶれるように前に突っ伏していった。

顔の側面をシーツにつけ、腰だけを高く持ちあげた姿勢だ。

エッチすぎる姿勢に煽られて、智己はますます強く屹立を押し込んでいく。

どういうわけか、射精感は押し寄せてこなかった。

「あっ、あっ……ぁあぁぁぁ、いい……智己くん、お義姉さん、感じてる。すごく、感じてる」

和美は打ち込むたびに喜悦の声をあげて、シーツを鷲づかむ。

(すごいぞ！　俺はお義姉さんをよがらせている！)

続けざまに深いところに届かせると、和美はさらに前に伏して、腹這いになった。

智己も抜けないように背中に覆いかぶさった。

和美はお尻だけを少し持ちあげているので、叩きつけると、尻たぶのぷわわんとした弾力を感じて、すごく気持ちがいい。

膣肉を擦りあげる快感とお尻に弾かれる気持ちよさの相乗効果で、智己も急激に追い込まれていった。

「ううう、出ちゃう。お義姉さん、ダメだ」

思わず訴えると、

「ちょっと待って。最後は前からして」

和美は自分から身体を回転させて、仰向きになった。

元の形に戻って、智己は正面から打ち込んでいく。

体を合わせて義姉を抱きしめ、腰をくいっ、くいっと躍動させる。

「あっ、あっ……ぁあぁ……イキそうよ。智己、お義姉さん、イキそうよ」

和美がさしせまった声をあげて、肩のあたりにしがみついてくる。

「くぅぅう、お義姉さん、好きだ。大好きだ！」

吼えながら、智己は玉砕覚悟で屹立を押し込んだ。

とろとろに蕩けた肉襞がざわめきながら、分身にまとわりついてくる。

腔腸《こうちょう》動物の内部みたいに柔らかくぬめる粘膜を、亀頭でずりゅっ、ずりゅっと擦りあげた。

「あっ、あっ……ぁあぁぁ、ちょうだい。智己、ちょうだい！」

「おおぅぅ、出すよ。義姉さんのなかに出すよ」

甘い陶酔感がひろがるのを感じながら、連続してえぐり込んだ。

柔らかくまとわりつく肉襞が亀頭冠のくびれに入り込み、得も言われぬ陶酔感が込みあげてくる。

（ダメだ。出る！）

奥歯を噛みしめながら、ぐいっと奥まで擦りあげた瞬間、体のなかで何かが爆《は》ぜた。

どくっ、どくっと体液が漏れていく。

「ぁあぁぁぁぁ……」

射精がわかったのか、和美がさらに強くしがみついてきた。

精液を放ちながら、智己はケモノのように吼えていた。

最高の瞬間だった。

溜まりに溜まった精液を、大好きな義姉の子宮めがけてぶちまけているのだ。

いつ果てるとも知れない射精がようやく終わった。

それでも、智己は全身を満たす心地よい虚脱感で、義姉の上からおりることができなかった。

しばらくそのまま、ぐったりと体を預けていた。

一陣の嵐が通りすぎて、智己は腰を浮かせて肉茎を抜き、すぐ隣に横になる。

乱れた息づかいを整えていると、和美が身体を寄せてきた。

「智己、上手よ。すごく上手になった」

そう言って、髪を撫でてくれたので、面映《おもはゆ》くなった。

「汗をいっぱいかいてるわよ」

和美は起きあがって、窓際にかけてあったスポーツタオルを取った。

女座りの色っぽい格好で、智己の額に噴き出した汗を拭ってくれる。

顔面から首すじへと。さらに、胸にかけてタオルをすべらせて、汗を丹念に拭き取ってくれる。

幸せすぎた。

色白の肌をところどころピンクに染めた和美が、汗ばんだ乳房もあらわに艶かしい格好で世話を焼いてくれている。

「お義姉さん、もう一回……」

智己が和美の腕をつかむと、

「ダーメ……そろそろ、夕飯の支度をしなくちゃ」

和美はちらっと時計に目をやって、タオルで自分の汗を拭《ふ》きはじめた。腋の下を拭《ぬぐ》い、肩口から胸のふくらみにかけてタオルをすべらせる。

自分の汗が染み込んだタオルが、和美の肌をすべっている。

ぞくぞくして見ていると、和美はタオルを智己に渡した。

それから、ティッシュをボックスから取り出し、自分の股間にあててぎゅっと絞りだすようにした。

「和美さん、和美さん」

階下から父の声が聞こえてきた。

「お義父さまだわ」

和美は急いで下着をつけ、スカートを穿いた。サマーセーターを着ると、身だしなみを整える間もなく、部屋を出た。

廊下で父と鉢合わせしたのか、二人の話し声が聞こえる。

耳を澄ましていると、会話が終わり、二人が階下へと降りていくのがわかった。

父の帰りは、いつもよりかなり早い。

(よりによって、こんなときに……やっぱり、父さんと俺は相性が悪いのかな)

ベッドに仰向けになると、和美の残り香がほのかにただよっていた。

第五章　言いなりに

1

達夫は不動産の仕事が予定より早く片づいたので、事務所には戻らずに帰路についた。客が来なくてもいつも午後六時までは事務所にいる達夫にしてみれば、珍しいことだ。

(たまには早く帰ってもいいだろう。大きな契約がまとまったことだしな)

玄関の鍵を開けて入っていくと、家のなかは静まりかえっている。

(おかしいな。和美さんがいるはずなんだが……)

達夫は「和美さん、和美さん」と名前を呼ぶが、一階に姿は見えない。

二階の自室にいるのかと思って、階段をあがっていく。

廊下に出たところで、和美が智己の部屋から出てくるのと鉢合わせした。

「ああ、お義父さま」

そう言う和美の様子がやけにあわてふためいていて、達夫は不審に思った。いつもはきちんとしている髪が乱れているし、顔は上気している。ニットセーターも裾の一部がめくれていた。

「今、智己の部屋から出てきたような気がしたんだが……」

「あ、ええ。智己くんにオヤツの差し入れをしたところなんです」

「……ほう」

「そんなことより、お義父さま、ずいぶんとお早いんですね」

その言い方が、いかにも話題を逸らそうとしているようで、達夫はますます不信感を抱いた。そんな気持ちを押し隠して、言った。

「大きい契約がまとまったからね。事務所に戻らずに帰ってきた」

「よかったじゃないですか。おめでとうございます……それなら、ビールでもお飲みになります？」

「うん、ああ、そうだな。そうしてもらおうか」

和美が先に階段を降りていく。

達夫は、智己の部屋を覗いてみたいという気持ちに駆られたが、さすがにそこまではできなかった。

(私の思い過ごしだろう)

頭に浮かんだ疑惑を、達夫は打ち消した。

だが、このときの芽生えた思いは、その後時々顔を出した。

一緒に食卓を囲んでいても、智己の和美に対する態度がどうもこれまでとは違うように感じる。具体的にどこが違うのかと問われて、答えるのは難しい。

それでも、二人の間に流れる空気がこれまでとは微妙に違う。

智己が兄嫁のことを好いているのは、わかっていた。智己は父親の言うことは聞かないのに、和美の指示には従う。

(しかし、智己がそうだからといって、和美さんが智己を受け入れるわけがない)

否定するものの、一度芽生えた疑惑はなかなか消えなかった。

このままではどうにも気分がすっきりしなかった。

その日、達夫は事務所から家に、「今夜は遅くなる」という電話を入れた。実際はいつも通りに家に着き、庭にまわった。

開き戸を開けて、庭木が植えられている庭に入り、身を隠しながら室内を覗いた。

ダイニングのテーブルで、和美と智己が食事をしているところが見えた。

仲也はいつものように今夜も遅くなるはずだ。コンピューター関係の仕事というのは、どうも定時には帰宅できないらしい。

和美と智己は向かい合って食事を摂っている。邪魔者がいなくて清々しているのか、智己いつもは見せない笑みを満面に浮かべている。

(そうか、やはり和美さんの言うように、智己には私のことが重圧に感じられるんだろうな)

そんなことを思いながらしばらく隠れていると、自分のしていることが馬鹿らしく思えてきた。

季節は秋に向かおうとしているのに藪蚊が飛んできて、払っても払っても襲ってくる。

(こんなことはやめて、家に入るか)

だが、それでは疑惑は消えないままだ。もう少しと我慢する。

食事を終えた二人がリビングのソファに腰をおろした。智己がひとり掛けのソファ椅子に、和美が三人掛け用のソファに座っている。

レースのカーテンの隙間からリビングを覗いていると、智己が和美に何か言った。

すると、和美が窓に近づいてきたので、達夫はあわてて顔を引っ込める。

遮光カーテンを閉める音がして、窓がカーテンで覆われた。

次から次とカーテンが閉められたが、右端のカーテンが合わさるところに十センチほどの隙間が残った。

(カーテンを閉め切るなんて、いかにも怪しいな)

胸が妙な具合に軋むのを感じながら、隙間からそっと覗いてみた。

椅子に腰かけている智己の姿が、ほぼ真横から見えた。

和美が視野に入ってきたと思ったら、椅子の前にしゃがんだ。

(うん……?)

和美のほっそりした腕が、智己のズボンに伸びる。

智己が腰を浮かせた。ズボンがさげられ、おぞましいものが飛び出してきた。

三メートルほどの距離しか離れていないので、窓ガラス越しにでも三男のそれが鋭角に持ちあがっているのが、はっきりとわかった。

(元気はいいが、まだまだだな……いや、そんなことより、和美さん、まさか智己のものを……? あり得ない。あってはならないことだ)

だが、あってはならないことが起こった。

和美は猛りたつ肉柱の根元をつかんで、振った。

ぶるんぶるん揺れる肉棹を見て、和美が顔をあげて微笑むのがわかった。

それから、顔を寄せると、揺れる肉棹を頬で受けた。

右の次は左の頬を差し出して、肉の鞭を幸せそうに浴びている。

(あり得ない……ダメだ、そんなことをしては！)

止めに入るべきだ。だが、体が硬直して動かない。

その間にも、和美は肉の棒を上から頬張った。

途中まで咥えて、かるく顔を上下に打ち振った。

それから、吐き出して、今度は顔を傾けて肉棹の側面を舐めていく。

智己は前に屈んで、和美のブラウスの襟元から手を入れ、乳房を揉んでいる。

(やめろ！　二人とも、何をしているんだ！)

体がぶるぶる震えはじめた。

和美はいきりたつ肉の塔に、丹念に舌を這わせている。

この前、夫婦の閨を盗み見て、和美がフェラチオが好きなことは承知していた。だが、今、しゃぶっているのは夫の弟のものだ。

(ダメだ。そんなことをしてはダメだ！)

だが、気持ちとは裏腹に、視線を釘付けにされている自分がいる。

和美が顔をあげながら、垂れかかるウエーブヘアをかきあげるのが見えた。

智己を見あげて、何か言った。智己がそれに答えて、微笑んだ。

(ああ、何を言っているんだ?)

そのとき達夫は、自分の胸に込みあげてきた感情に驚いた。

羨《うらや》ましい……そう感じたのだ。

(あり得ない。なんだ、この気持ちは?)

自分の感情にとまどっているうちにも、和美が顔を伏せて、肉茎に唇をかぶせていくのが見えた。

顔を激しく上下に打ち振りながら、右手で勃起の根元をしごいている。

智己は気持ちよさそうに顔をのけぞらせた。

それから、前に屈んで、和美の頭を押さえつけた。何か言っている。

和美はいったん肉棹を吐き出して、智己に話しかけた。

それから、また肉棹を頬張る。今度は前より、激しかった。

速いピッチで顔を打ち振り、根元のほうを強くしごいている。

(おおう、あんなにされたら……!)

達夫は、先ほどから力を漲らせている股間をぎゅっとつかんだ。

長男の嫁が義弟のものを頬張っているという意識は、もうほとんど頭から消え去っていた。

心を満たしているのは、和美という女への賛美に似た高揚感だ。

(和美さん！　……おおう、たまらん！)

達夫は我を忘れて、ズボン越しに勃起をしごいた。

昂奮で霞んだ視界に、和美が時々髪をかきあげながら、男の器官を情熱的に追い込んでいく姿がクローズアップされる。

和美の顔の動きが一段と速くなったと思った次の瞬間、智己が顔をのけぞらせて体をこわばらせるのがわかった。

射精したのだろうか。

和美は股間に顔を埋めたまま、しばらくじっとしていた。

(口で受け止めているのか？)

息を凝らして眺めていると、和美が顔をあげた。喉が動くのが、ガラス越しに見える。

(呑んだぞ！　……和美さん、精液を呑んだぞ！)

それがわかったとき、達夫は脳味噌が蕩けていくような昂揚感にとらわれた。

ふたたび視線を戻すと、和美が口許に付着した白濁液を拭いながら、洗面所のほうに向かうのが見えた。

智己がティッシュで分身を拭いているのを見て、達夫は窓下を離れた。

足元がふらついた。

達夫は呆然としたまま、しばらく家の近くをあてもなく歩いた。

2

その夜、達夫は就寝前に、自室に和美を呼んだ。

伸也はいつものように大阪出張で家を留守にしていた。どうしても今夜中に話をしておきたかった。

「何でしょうか、お義父さま?」

和美が不安そうに入ってきた。すでに風呂を済ませ、水色のネグリジェタイプのナイティをつけていた。

「そこに座りなさい」

広い和室には布団が一組敷いてあって、その横には座卓が置いてある。

和美はかるく波打つ髪をかきあげて、勧められるままに座卓の前に正座した。

きちんと膝を揃え、畏《かしこ》まって正座する姿は清楚な若妻という形容がぴったりで、義弟のものを頬張るなどという大それたことができる女だとはとても思えない。

意気込んで呼んだものの、いざとなると、どう切り出していいのかわからない。口ごもっていると、和美が言った。

「あの……何でしょうか？」

「……和美さんは、智己のことをどう思う？」

遠回しに様子を見る。

「どうって……大変な時期だと思います。受験に一度失敗しているし……相当なプレッシャーを感じていると思います。ですから、わたしはできる限りのことはしているつもりです」

「ほう、できる限りのことをね……あんたのできる限りのことはああいう破廉恥なことを指すのかね？」

「……ああいうことと、言いますと？」

「ああいうことだよ。わからないのか！」

声を荒らげると、初めて和美の表情にわずかに翳《かげ》りが射《さ》した。

「今日、遅くなると言ったが、仕事が思ったより早く終わって、いつも通りに帰ってきた。庭木を見ていたら、とんでもないものを見てしまった」

言うと、和美がハッと息を呑むのがわかった。

「あんたは、智己のものを……最後まで言わなくてもわかるだろう」

顔を合わせていられなくなったのか、和美は目を伏せた。

「どういうことだね？　説明しなさい」

和美は答えない。膝の上で拳をぎゅっと握っている。

「黙っていてはわからないだろ。どういうことだ？　いつから、ああいう関係になった？」

問い詰めながら、達夫も体の底から震えが込みあげてくるのを抑えられなかった。

「やったのか？」

身も蓋もないことを聞いていた。

「やったのかって、聞いているんだ！」

思わず怒鳴っていた。

「……すみません」

「やったんだな？」

「……すみません」

「そうか。わかった。あんたはもうこの家の嫁じゃない。出ていきなさい」

自分でも驚くような激しい言葉が口を衝いてあふれた。

和美の肩が震えはじめた。

「うっ、うっ」と嗚咽《おえつ》をこぼし、膝の上で拳をぎゅっと握りしめている。

そんな姿を見ていると、気持ちが荒々しくなった。

「この家から、出ていけと言ってるんだ!」

達夫は立ちあがると、和美の身体を後ろからつかんで、強引に引き立てる。

「許してください……ごめんなさい。この家を出るのはいやです」

和美は駄々をこねるようにして、立たされるのを必死にふせいでいる。

「だったら、どうしてあんなことをした?」

「……あれは、智己くんのほうから……」

「そんなふうには見えなかったぞ」

「事情を聞いてください」

和美が必死に言うので、昂っていた気持ちが少しおさまった。

「いいだろう。聞こうか」

達夫が胡座《あぐら》をかくと、和美がぽつりぽつりと経緯を話しはじめた。

和美は伸也が留守がちで寂しかった。身体を持て余しひとりで慰めていると、そこに、智己が入ってきた。ほとんどレイプ同然に犯されたのだという。

「智己なら、やりかねないな」

ふと洩らすと、

「いいえ、智己くんは悪くはないんです。彼は最初上手くできなくて……智己くんが泣いているのを見ていたら、なんとかしてあげたくなって。それで……」

「馬鹿なことを。あんたは智己に同情して、させてやったというのか？」

「……わたし、智己くんが置かれている立場がすごくよくわかるんです。わたしも受験失敗していますから。智己くんは、きっと何かにすがりたかったんだと思います……だから」

達夫は唖然としてしまった。

「彼にはしっかり勉強するように言ってあります。勉強しないと、ダメだって」

「そんなこと、あんたが面倒見る必要はない！」

「お義父さま、智己くんに冷たいわ。だから、彼も荒れるんです」

「あんたにそんなことを言われる筋合いはない！」

達夫はドンと座卓を叩いた。

「すみません……」

和美は素直に謝って、また嗚咽をはじめた。

「わたし、どうしていいのかわかりません……でも、家を出るのはいやなんです。この家に居させてください。お願いします」

和美が畳に額を擦りつけるのを見ていると、心が動いた。

「じゃあ、もう、智己とはああいうことは一切しないと、誓いなさい」

「……わかりました。もう、しません」

「智己がせまってきても、きちんと拒むんだぞ」

「はい、そうします」

達夫は自分がこうも簡単に和美を許してしまったことが不思議だった。

それに、さっきから、まくれあがったネグリジェの裾から見えるむっちりとした太腿と膝が気になって仕方がない。

うつむいた顔に、波打つ髪がかかっている。いまだにつづいている嗚咽で、ネグリジェに包まれた胸のふくらみが大きく上下動する。

叱られて悄然としている女が、こうも男心をそそるものだとは。

達夫は生唾を呑み込んで、立ち上がった。背後からネグリジェに包まれた身体に腕をまわした。

びくっとして、和美がその腕をつかんだ。

「お義父さま……？」

半身になって見あげてくる。湯上がりの女のいい匂いが、達夫を大胆にさせた。

「元はといえば、あんたは伸也が留守がちで寂しくて、こういうことになった。智己を相手にしなくなれば、また寂しくなるだろう。私が伸也の代わりをしてやる」

そう口にしながらも、達夫はこんな大それたことを言える自分が自分ではないような気がしていた。

「……そんなことしたら、また同じになってしまいます」

「いや、まったく違う。智己はダメだ。だが、私なら問題はない」

言いながら無茶な論理だと感じたが、この際、そんなことはどうでもよかった。

達夫は和美に対して抱いていた思いを、はっきりと意識していた。三男によって気づかされた。

昨夜、二人を覗き見していて感じた嫉妬は、これが原因だったのだ。

強く抱きしめると、手が胸のふくらみに触れて、豊かな弾力が伝わってくる。

「あんた、伸也とのセックスで満足できてないんだろう。わかっている。私が満足させてやる」

体が勝手に動いていた。

気づいたときは、和美を畳に押し倒していた。

のしかかると、和美が突き放してきた。

「いけません。お義父さま、やめてください！」

「智己なら許すのに、私はダメだっていうのか？」

「彼ははまだ子供ですもの。でも、お義父さまは……」

「大人だから、あんたを満足させられるんだ」

達夫はネグリジェの裾をまくりあげて、右手を太腿の奥に差し込んだ。

「いやっ……！」

和美が腰をひねって、身体を逃がした。

達夫は自分の気持ちを手ひどく拒絶された気がして、最低の言葉を吐いていた。

「いいんだな。あんたと智己のしていたことを、伸也に話しても」

「えっ……？」

「和美さんと智己の関係を、伸也にばらすと言ったんだ」

和美の顔から見る間に血の気が退いていくのがわかった。まさかという表情で、達夫を見ている。

「本当はそんなことはしたくない。だが、和美さんの出方次第だ」

「お義父さま、わたしを脅していらっしゃるんですか？」

「そうじゃない。そういう出方もあると言ったんだ」

唖然とする和美を、今度は布団に向かって押し倒した。

和美は抵抗しなかった。されるがままに掛け布団の上に仰向けに倒されて、動かない。

達夫はネグリジェの裾をまくりあげながら、太腿の奥へと手をすべらせた。

むっちりした太腿の弾力を感じながら、パンティの基底部へと手を届かせると、

「あっ……！」

小さな声をあげて、和美は太腿をよじりあわせてくる。

温かい太腿の圧迫を感じながら、柔らかく沈みこむ箇所に指を走らせると、和美が言った。

「お義父さまが、こんなことをなさるなんて……」

「うるさい！」

そんなことは言われなくても、わかっている。だが世の中には理想ではどうにもな

らないことがある。

「あんたは黙って、私にだけついてくればいいんだ」

パンティ越しに柔肉を撫でさすると、和美は腰をよじって横を向いた。背中を見せてくの字に身体を折り曲げている。

達夫は背後から、ネグリジェの裾をめくりあげる。強引なやり方にもかかわらず、和美は拒むことはしない。

(そうだ。それでいい!)

水色の布地がずりあがるにつれて、太腿の裏側とシルクベージュ色のパンティに包まれたヒップがあらわになる。

(おぉぅ、色っぽい形をしている。それに、むちむちだ)

達夫は太腿から尻たぶにかけての肌をおずおずと撫でさすった。

(ひとつも引っ掛かるところがない。まるで、ベビーパウダーでも塗ったようじゃないか)

ひさしぶりに触る女の細やかな肌に、達夫の心は奮えた。

上になっているほうの片尻をパンティ越しに撫でまわし、その手を太腿におろしていって、今度は内側をなぞる。

撫でさすっていって、パンティが張りつく女の苑に指をあてがった。

びくっと尻が震える。

光沢を放つパンティの基底部を指で掃くようにする。

柔らかく沈み込む箇所に何度も指を往復させると、じりっと尻が揺れた。

パンティの基底部に刻まれた縦溝が深くなり、心なしか指に湿りを感じる。

急所の肉芽のあたりをなぞると、下半身がぶるぶる震えはじめた。

「うっ……うっ……」

それでも、和美は洩れそうになる声を必死に押し殺している。

こうなると、達夫も意地になる。

背後からぴたりと張りついて、背中から襟足にかけてキスをする。髪を掻き分けて、楚々としたうなじに連続して唇を押しつける。

恥肉の窪みを強弱をつけてさすり、パンティを横にずらした。

こぼれでた肉びらのふくらみを感じながら、狭間をじかにさすると、肉の萼《がく》が割れてぬるっとしたものが指にまとわりついてきた。

(濡らしてるじゃないか!)

昂奮のパルスが体を貫いた。

潤みに沿って指を縦に走らせる。ぬるぬる感が増して、それとわかるほどの淫蜜が指先を濡らす。

左右の肉びらを開いて、上方の肉芽に触れた。

あふれでる蜜をなすりつけるようにして突起を刺激すると、

「うっ、ぁあああぅぅぅ……」

和美は顔をのけぞらせて、艶かしく喘いだ。

(そうら、声が出たぞ)

中指を潤みの中心にあてて、力を込めた。

根元から鉤《かぎ》状に曲がった中指が、窮屈な肉路を押し退けて、ぬるぬるっと嵌まり込む感触があった。

「あうぅぅぅ……」

和美がシーツを握りしめるのが見えた。

押し込んだ指を、内部の粘膜がざわめくようにして締めつけてくる。

圧迫感を押し退けるようにして指先を跳ねさせ、肉路を叩くと、

「ううあぁぁぁ、ダメっ……お義父さま、ダメです」

和美がその腕を後ろ手に押さえつけてきた。

「こんなに濡らして……和美さんはお淑やかに見えるけど、本当はエッチなんだな。だから、亭主の弟とだって、不義を犯すんだ。そうだろ？」

耳元で責めながら、指で肉路を叩いた。

「ううっ、違います、違う……ぁあぁぁ、ダメ、お義父さま、そこダメ！」

ネグリジェが張りつく背中ががくがくと揺れはじめた。

(そうら、指で感じさせるなど、智己にはできまい)

指腹で肉の襞をバイブレーションさせると、後ろに突き出されたヒップが、もっとせがむかのようにくねった。

「ダメだと言うわりには、尻がいやらしく動いてるじゃないか。どういうことだね？」

「ああ、意地悪ぅ。お義父さま、意地悪だわ……ぁあうぅぅ」

達夫が浅瀬を指で掻くと、ピチャピチャと水が撥ねるような音が響く。

「和美さん、聞こえるか？　いやらしい音がしてるぞ。なんだ、この音は？」

「ああ、しないで。しないで……やぁああん」

言葉とは裏腹に、和美は尻を逃がすどころか、逆に押しつけてくる。

「なんだ、これは。ケツをいやらしく押しつけて」

言葉でなぶっておいて、達夫はパンティに手をかけて、強引に引きおろした。膝のところで止まった小さな布切れを苦労して、足先から抜き取る。

「ぁああ、いやです」

あらわになった下腹部を、和美は身体をよじって隠す。

達夫は下半身のほうにまわると、閉じられた足をつかんで開きながら、股間に顔を寄せた。

閉じようとする太腿を押し退けて、翳りの底に貪りつく。

「うっ……！」

鋭い反応を見せて、和美がびくんっと震えた。

黒々とした繊毛の流れ込むあたりに、女の媚肉が息づいていた。

達夫は愛蜜でぬめ光る恥肉にしゃぶりついた。

甘酸っぱい性臭を感じながら、割れ目に沿って舐めあげると、

「ううううう……」

くぐもった声とともに、顔面を締めつけていた太腿の力がゆるんでいく。

上方の肉芽に舌を届かせて、ねろっ、ねろっと舌をぶつけた。

「うぁあぁぁぁ、そこ……」

和美の下腹が翳りとともに、ぐぐっと持ちあがってくる。

もっと強く刺激して欲しいのだろうと思い、舌全体をつかって強く擦りあげた。それから肉芽を根元ごと咥えて、ちゅーっと吸い込んだ。

「ぁあぁぁぁ……くぅぅぅ」

和美の感極まった声が聞こえる。

達夫は指を添えて開きながら、包皮を剝いた。あらわになったクリトリスは大きめで生き物のようにうごめいていた。

(淫らなクリトリスをしているな)

顔を寄せ、舌先を叩きつけるように肉芽を擦りあげると、和美はひときわ甲高《かんだか》い声をあげて、下腹をせりあげてくる。

上下に弾き、左右に転がす。

根元から吸い込んで、ちゅっぱっと吐き出す。

それを繰り返しているうちに、開いた太腿がぶるぶると痙攣しはじめた。

「あっ……あっ……」

断続的に喘ぎながら、和美は相手が義父であることを忘れたかのように、敏感に応えてくる。

その頃には下腹部のイチモツが痛いほどにいきりたち、早くと急《せ》かしていた。

3

達夫は顔をあげて、和美を布団に座らせた。

ネグリジェの裾をつかんでまくりあげながら、万歳させた腕から抜き取っていく。あがるはなから色白の裸身が現れ、乳房がまろびでた。

覗き見で目にはしていた。だが、こうやって間近で見ると、生々しさが違う。ちょうどいい大きさの乳房は、上側の斜面は直線的だが、下側の房は発達していて見事なふくらみをなしていた。

三センチほどの淡い色の乳暈から、濃いピンクに色づく乳首がせりだしている。まだ二十七歳で子供を産んでいないのだから当然かもしれないが、清新でしゃぶりつきたくなる果実だ。

視線を感じたのか、和美が両手を交差させて乳房を隠した。

「和美さん、きれいなオッパイじゃないか。恥ずかしがることはないだろ」

しゃがんで、その手を外そうとすると、和美はいやいやをするように首を振って、頑なに乳房を護っている。

「しょうがないな。じゃあ、その代わりにこれをしゃぶってもらおうか」

達夫は立ちあがって、屹立を和美の目の前に突きつけた。

それを目にした和美が、ハッとしたように顔を伏せた。

「智己のものを美味しそうにしゃぶっていたじゃないか。智己はいいけど、私ではダメだって言うのか？　……ほら、咥えなさい」

頭をつかんで顔をあげさせると、和美はおずおずと視線を向けた。

達夫の分身はこのところなかった角度でいきりたっていた。標準サイズだがカリは発達している。年齢のせいか、濃い赤銅色にてかっている。

それを見た和美の表情に変化があったように感じた。

「咥えなさい」

再度せかすと、和美は座り直した。

正座して、右手を伸ばしてくる。猛々しい肉棹の茎胴をそっとつかんだ。

形や大きさを確かめでもするように、浮き出た血管をなぞり、張り出したカリに触れてくる。

ほっそりした長い指だ。その指が亀頭冠から頂上にまで這いあがり、割れ目に届いた。

自分でも驚くほどににじんだ先走りの粘液を指ですくいとり、まぶすようにしてから二本の指を離した。すると、間にねばっとしたものが糸を引く。

粘液をもてあそびながら、和美がちらっと見あげてくる。

口許に微笑をたたえ、これは何ですか？　とでも言いたげに達夫を見る。

それから、視線を向けたまま、粘液が付着した指をかるく舐めた。今度は頬張って、ちゅるっと吐き出した。

さっきまでとは一転した妖艶な女の仕種に、達夫の昂奮は跳ねあがる。

和美が顔を寄せてきた。

根元をつかんで上向かせながら、亀頭の裏側にちろちろと舌を走らせる。

そうしながら、じっと達夫を見ている。

（おおぅ、和美さん、エッチだぞ！）

和美はそのまま舌をおろしていく。

顔を傾けて、裏筋を触れるか触れないかの絶妙なタッチで舐めおろし、また舐めあげてくる。

亀頭冠の裏側からまわりこんだ舌が、鈴口をちろちろと舐めた。

顔を横向けて、カリに舌をからめてくる。ぐるっと一周するように舐めまわし、くびれにも舌を押し込んできた。

「おおぅ……」

敏感な箇所に濡れた肉片がまとわりつく快美感に、達夫は天井を仰いでいた。

やがて、分身が潤みに包まれた。

見ると、和美は肉棹を途中まで咥えていた。なかで舌をからませてくる。

それから、唇を引きあげて、しごくように吐き出した。

唾液にまみれた肉の頭部にちゅっ、ちゅっと愛らしくキスをする。それからまた、
唇をあてて開きながら咥え込んでくる。

今度はスライドさせる。ぴっちりと締めつけた唇をゆるやかにすべらせながら、皺袋を片方の手であやしている。

（おおぅ、気持ちがよすぎる！）

亡くなった妻は、こんな二カ所責めなどしてくれなかった。

「うんっ、うんっ、うんっ……」

鼻の奥からくぐもった声が洩れはじめた。

スライドのピッチがあがり、振幅も大きくなった。亀頭冠から根元までをなめらかに擦られると、分身が悦んで跳ねた。

今度は根元まで咥え込んできた。

唇が恥毛に触れるほどに深々と屹立を呑み込み、そこでじっとしている。

(こんなことまで……!)

先端が喉に届いているのを感じて、得体の知れない喜悦が込みあげてくる。

見ると、和美はつらそうに眉根を寄せていた。だが、表情はどこか陶然としていて苦しさを味わっているようにも見える。

どのくらいの時間そうしていただろうか。

和美は唇を引きあげていき、亀頭部を吐き出した。

肩で息をしながら、垂れかかった髪をかきあげて耳の後ろに寄せた。それからまた、頬張ってきた。

今度は咥え込んだまま自分で顔の角度を変えて、切っ先で頬を突いた。

和美のすべすべした頬が異様にふくらんでいる。

その状態で顔を斜めに打ち振って、亀頭部を頬の内側に打ちつける。それから今度は顔の位置を変えて、反対側の頬の内側に切っ先をあてた。

頬がぷっくりとふくらんでいるのを見て、達夫は驚きとともに高揚感がせりあがってくるのを抑えられなかった。

(こんな美人なのに。自分から美貌を台無しにするようなことをする)

達夫は、この一見清楚な女が内に秘めている女の業の深さを思った。

和美は正面からの吸茎に移って、激しく肉茎をしごいてくる。

両手を達夫の腰にまわして引き寄せながら、リズミカルに顔を打ち振る。

徐々にピッチがあがると、フェラチオではイッたことのない達夫もさすがに追い詰められた。

「くぅぅ……和美さん、もう、いい」

頭を押さえつけて、分身を口から引き抜いた。

和美は肩で息をしながら、ぼーっと上気した顔で達夫を見あげてくる。

(なんて色っぽい女だ!)

もう待てなかった。和美を布団の上に押し倒した。和美は腕で顔を隠したが、抵抗しようとはしなかった。

足をすくいあげて、腰を持ちあげ、猛りたつ肉棹の先を肉花の中心に押しあてた。

そこは男を待っているかようにひろがって、内部の鮮烈なピンクをのぞかせている。

切っ先で潤みの中心をさぐると、和美が言った。

「お義父さま、わたしをかわいがってくださいますね?」

お義父さまという言葉が、達夫に自分が長男の嫁を貫こうとしているのだという事実を突きつけてきた。

「ああ、かわいがってやる。私に任せておきなさい」

胸を叩くつもりで達夫は腰を入れていく。

切っ先がすべりながらとば口の窪みに嵌まり込んだ。

「うっ……」

と呻いたのは、達夫のほうだった。

何年ぶりかの女だ。先っぽがぬかるみにちょっと入っただけで、身震いするような快感が走った。それをこらえて、腰を進めた。

分身が狭い肉路をこじ開け、途中で何度もつかえながらも、潜り込んでいく確かな感触があった。

「うあっ……！」

和美の声が、達夫をさらにヒートアップさせた。

「おおぅぅ、くぅぅぅぅ」

分身を包み込んでくる妖しい感触に、達夫は奥歯をくいしばって耐えた。

（ああ、女とはこんなにもいいものだったのか！　まるで、温かいゼリーに包まれて

いるようだ）

ひさしく忘れていた感触がよみがえってきた。

まだ押し込んだだけなのに、内部がおののくようにして盛りあがり、硬直を波打つように締めつけてくる。

（たまらん。たまらんぞ！）

達夫は打ち込んだ状態で動きを止めて、もたらされる快感を味わった。

「ぁあぁ、お義父さま……欲しい。欲しいわ」

和美がくなっ、くなっと腰をよじって動きを誘ってくる。

「待ってろよ」

達夫は膝をM字に開かせ、自分は上体を立てて、慎重に腰をつかう。

無残にひろげられた和美の股ぐらを、血管をぷっくりと浮きださせた肉の棹がゆっくりと出入りするのが見えた。

「ああぁ、ぁあぁぁ、いい……お義父さまの立派だわ……ううっ」

和美が顔をのけぞらせた。

「そ、そうか。そんなに立派か？」

「ええ。カリが、カリがなかを引っ掻いてくる。ぁあぁ、気持ちいい……」

和美の眉根をひろげた恍惚とした表情を見ると、満更リップサービスではないように思えた。

達夫は徐々に打ち込みのピッチをあげていく。

今の和美の言葉で、自信が湧いてきた。それに、この歳になるとペニスの感覚が鈍るのだろう。挿入したときに感じた逼迫した感覚はもうやってこなかった。

逸《はや》る気持ちを抑えて、達夫は深く突いたり、浅瀬で遊ばせたりを繰り返す。

昔取った杵柄《きねづか》というやつなのか、体が盛時のセックスを覚えていた。

調子が出てきた。

浅く、浅く突いておいて、三拍目にズーンと奥まで届かせる。三拍子で打ち込むと、

「あっ、あっ……うっ！」

和美もワルツのリズムで応えて、首から上をいっぱいにのけぞらせる。

シーツをつかんだ指に力がこもり、シーツが外れそうなほどに持ちあがった。

達夫はもっと深いところに打ち込みたくなって、和美の足を閉じさせて横へと持っていく。

それにつれて、和美もなかば横臥《おうが》する形になる。

右横に流れた両足をつかんで、達夫は上体をやや後ろに傾けるようにして、腰をつ

かう。二人の身体が直角に交わる形だ。ぐっと腰を突き出すと、

「うっ……」

和美が呻いて、手を臍の下に持っていく。

「深いところに入っているだろう？」

「はい……ここまで。ここまで来てる」

和美は臍の下を示して、つらそうに眉根を寄せた。

達夫は下腹部をせりだして、切っ先で奥のほうをぐりぐりとえぐってやった。

「ぁあぁぁ……深い……初めて。こんな初めて」

「そうか、初めてか？」

「はい……初めて……あっ、あっ、ぁあぁぅ」

「苦しいのか？」

「苦しいけど、気持ちいい」

「あんたは苦しいのが、気持ちいいらしいな」

そう言って、達夫はゆったりしたリズムで突く。

横になった恥肉の側面を、棍棒がずりゅっ、ずりゅっと擦りあげていく感覚がこたえられない。

「ああ、怖いわ……どうにかなっちゃう。お義父さま、助けて！」

下になった手でシーツを握りしめて、和美が訴えてくる。

「こうすれば、もっと深くなるぞ」

達夫は、下になった足を伸ばさせ、右膝を左右の足の間に割り込ませた。膝を突いて、自分は後ろにのけぞるようにして屹立を押し込んだ。

「ぅぁあああぁぁぁ……やああ、これ……ぁああぅぅぅ」

和美がのけぞりかえって、シーツが外れかかるほど強く握った。

「そうら、そら、そら」

猛りたつ肉棹をつづけざまに押し込むと、和美は身悶えして、

「ぁああぁぁぁ、これ……お義父さま、へんよ。へんになっちゃう……やぁああぁぁあぁあぁ」

横臥した状態で、和美はびくん、びくんと痙攣しはじめた。

4

気を遣ったのだろうか、和美はぐったりして静かな呼吸を繰り返している。

挿入したまましばらく休憩させて、達夫は体位を変えた。

繋がったまま、横臥した和美の身体をもう半回転させて、うつ伏せにする。

腹這いになった和美に、達夫はのしかかっていく。

髪をかきあげて、耳たぶにキスをする。

「あっ……」

びくんとして、和美は覚醒したように身体を震わせた。

「和美さん、イッたのか？」

耳元で聞くと、

「はい、お義父さま……和美、イキました」

和美が答える。

達夫は覗き見したときのことを思いだしていた。あのとき、和美は伸也を相手にしてなかなか絶頂にたどりつけなかった。

（やはり、息子よりも父親のほうが上手《うわて》だな）

息子の嫁を相手に、優越感にひたっている自分がいる。

ぼーっと赤らんだ耳たぶを後ろから舐めた。ふっくらした部分を口に含み、くちゅくちゅと揉みほぐす。

それから、中耳にかるく息を吹きかけると、

「やぁあああぁぁ、はぁあああ」

和美が首から上をのけぞらせた。その拍子に尻が持ちあがって、分身が肉路に揉みしだかれる。

達夫は上体を持ちあげて、打ち込みを開始する。

持ちあがっている尻めがけて、打ちおろしていく。

狭くなった肉路に分身が食い込んでいく。それ以上に気持ちいいのは和美の尻だ。

腰をつかうたびに、発達した臀部がぶわわんと下腹部を押し返してくる。

柔らかな肉の層がしなり、弾む感触がこたえられない。

(尻の発達した女性は、これが気持ちがいいんだ)

達夫はかつて当たるを幸いに女たちを薙ぎ倒していった時代のことを、思い出していた。

まさか、あの良き時代が長男の嫁によって再現されるとは、思ってもみなかった。

(いい女だ。和美さんは本当にいい女だ)

しばらくの間、尻のしなりを味わってから、達夫は和美の尻を持ちあげた。

オーソドックスな後背位を取り、ずんずんと打ち込んでいく。

「あっ、あっ、あっ……」

和美は四つん這いになって、背中を弓なりに反らせて喘ぐ。

その声が少しずつ大きくなっていくのを感じて、達夫は不安になった。

「和美さん、声がデカい。隣に聞こえるぞ」

言うと、和美はハッとして隣室のほうに視線を向け、声を押し殺した。

隣では、まだ智己が起きている可能性が高い。

達夫は尻たぶを左右からつかみ寄せ、強弱をつけてストロークを浴びせた。

「うっ、うっ……くうぅぅ」

和美は必死に声を押し殺して、打ち込みの衝撃をこらえている。

奥まで届かせてぐりっとえぐると、「あっ」と声をあげて前に突っ伏していく。

逃げる腰をつかみ寄せると、和美は前につぶれて尻だけを高々と持ちあげた姿勢になった。

つづけざまに叩き込む。和美は身をよじらせて、くぐもった声を洩らす。

「和美さん、この格好が好きだろ？」

聞くと、和美は「はい」と恥ずかしそうに答えた。

「手を後ろに」

伸びてくる左右の手をつかんで、後ろに引いた。

「好きなはずだぞ。あんたはこの格好が」

達夫は左右の腕を引っ張りながら、ぐいぐいと屹立を押し込んでいく。

「ほうら、いやらしい格好だぞ。お尻を突き出して……和美さんのあそこにちんちんが入っていくのがよく見える」

「ぁあぁ、お義父さま、恥ずかしいわ……見ないでください」

和美は必死に身体をよじるが、腕を決められて這う形ではわずかしか動けない。

セピア色のアナルがおののいて収縮するさまを目に焼き付けて、達夫はなおも腰を叩きつけていく。

「うっ、うっ、うっ……ぁあぁぅ、ダメっ！　ぁうぅぅぅ」

「ダメじゃないだろ。本当は気持ちいいくせに。そうだろ？」

「ああ、はい……お義父さま、気持ちいいです」

達夫は連続して腰を律動させた。

息が切れかかっていた。だが、ここで休んでは男として恥ずかしい。

壊れよとばかりに猛烈に叩き込むと、

「くぅぅぅぅ……ぁあぁ、イクぅ……はうっ」

和美は低く呻いた。全身が痙攣したと思ったら、力が抜けた。

達夫が腕を離すと、ドッと前に倒れ込んだ。

如意棒が外れて、むなしく躍りあがる。

和美はうつ伏せになったまま、ぴくりとも動かない。

「和美さん、まだだ」

達夫はぐったりした和美を仰向かせ、正面から突入した。

「あああぁぁ、信じられない……ぁうぅぅ」

息を吹き返した和美が、眉根を寄せて首を左右に振る。

(わかったか。私は息子たちにはまだまだ負けない)

心のなかで気炎をあげて、達夫は覆いかぶさっていく。

形のいい乳房が汗ばんで妖しい光沢を放っていた。片方の乳房をむんずとつかんで、揉みしだいた。

せりだしてきた乳首を指でこねまわす。

指腹に挟んでくりっ、くりっと転がし、トップを押しつぶすようにまわし揉みする。

「あああぁぁ、気持ちいい。お義父さま、すごくいい」

和美が眉をハの字に折り曲げて、快感をあらわにする。

のけぞったほっそりした首すじに官能的な筋が浮き出て、左右の鎖骨もくっきりと刻まれている。

「和美さん、あんたはいい女だ。私がかわいがってやる」

思いを口にして、腰を動かす。

腕立て伏せの格好でずいっ、ずいっとえぐり込むと、

「あっ、あっ……ぁあぁぁ、お義父さま、イッちゃう。また、イッちゃう」

和美が二の腕にしがみついてきた。

「イクのか？　また、イクのか？」

「はい、またイキます……ぁあぁぁぁぁ」

和美が甲高い声をあげたので、達夫はとっさに口に手をあてて声をふせいだ。

たてつづけに打ち込むと、和美は手のひらを噛んできた。

硬い歯列が食い込む痛さをこらえて、達夫は力の限り腰をつかう。

「そうら、和美さん、イクぞ。声を出すなよ」

口から手を外し、達夫は肩を引き寄せた。

衝撃が逃げないようにして、スパートする。

さっきから溜まっていた甘ったるい疼きが急激にふくらんだ。

「うっ、うっ……ぁあぁぁぁぁ、お義父さま、イキます。和美、イクぅ」

和美が声を押し殺して、達夫の肩にしがみついてきた。

「そうら、イケ。和美さん、イクんだ」

ずりゅっ、ずりゅっと肉路を擦りあげる。内部が波打って盛りあがり、射精をせかしてくる。

「くうぅぅ、和美さん、出すぞ」

「ああ、ください、お義父さま……ぁあぁぁぁ、はうっ……」

「そうりゃ……うわっ」

ぐいと打ち込んだ瞬間、胎動が起こった。

駄目押しとばかりにさらに押し込むと、熱いものが爆ぜた。

下腹部で起こった射精感が体を貫いて、全身が勝手に躍りあがった。

あまりの気持ちよさに、苦しいほどだ。体がどこかに飛んでいってしまうのではないかと思った。

和美は顔が見えないほどにのけぞりかえっていたが、やがて、息絶えたかのように動かなくなった。

達夫もしばらくは動けなかった。

ぜいぜいと息を切らしながら、女体に覆いかぶさっていた。

一陣の嵐が過ぎ、達夫は肉茎を抜いて、すぐ隣に横になった。

天井板の節目が渦を巻いているのが、やけにはっきりと見える。

和美は背中を向けて横臥していた。乱れ髪が散ったなめらかな肩からくびれたウエストにつづくライン、そこから急激に盛りあがる腰の曲線……。

ふたつに割れた尻のふくらみが、達夫の迷いをふっきらせた。

(いいんだ。こうなるしかなかった。私はこの女が好きだったんだから)

手を伸ばして、腰の曲線に添えると、和美はこちらを振り向いた。甘えつくように身体を寄せてきた。

「お義父さま、わたしを護ってくださいね」

「ああ、大丈夫だ」

とっさに腕枕すると、和美が二の腕に頭を乗せて、腋の下に顔を埋めてきた。

「お義父さまの匂い、好きだわ」

そう言って、和美はくーんと鼻を鳴らした。

第六章　お仕置き

1

夜、食卓を囲んでいると、

「ひさしぶりですね、こうやってみんなで食事をするのは」

和美が言って、微笑んだ。

「そうだな。悪いね、俺が早く帰れないから。このところ、出張が多いしな」

伸也がすまなさそうに、家族の顔を見た。

「しょうがない、仕事なんだから。これが、遊び歩いているのなら困るが、仕事なんだからな……飲むか？」

達夫は瓶ビールをつかんで、伸也に差し出した。

「ああ、悪いね。珍しいな、オヤジが注いでくれるなんて。何かあった？」

コップをつかんで受けながら伸也が言うので、達夫は内心ギクッとしながらも、

「な、何もないさ。お前がよく働いてるから、お酌してやってるだけだ」

そうごまかして、ちらっと和美を見る。和美は普段と変わらないやさしげな笑みを浮かべて、さりげなく達夫と視線を合わせる。

「智己、勉強のほうはどうだ？」

伸也が、達夫の隣に座っている智己に兄貴風を吹かせた。

「心配しないでいいよ。ちゃんとやってるから」

智己が箸を止めて、言った。

「そうか……ならいいんだが。後がないんだからな」

「わかってるよ。もうその話はいいよ」

智己は箸をテーブルに叩きつけると、ご馳走様も言わないで席を立った。ひとり、家族の団欒から離れていく。

「俺、何か気に障《さわ》ること言ったか？」

伸也が眉をひそめて、和美に聞いた。

「智己くん、プレッシャーを感じてるのよ。受験のことには触れないほうがいいと思うわ」

和美が答えるのを、達夫は複雑な思いで聞いていた。

あれから、和美は自分との約束を守って、智己の相手はしていないようだ。義姉が急に冷たくなって、智己は苛立っているのだ。

(可哀相だが、仕方がない)

達夫が自分を納得させていると、伸也と和美は今度二人で出席する共通の友人の結婚式を話しはじめた。

「和美、お前は何を着ていくんだ?」

「和服って感じじゃないし、ドレスかな」

「お前、結婚式に着ていくようなドレス、持ってたか?」

「失礼ね。持ってます」

二人の夫婦ならではの会話を聞いていると、達夫の胸底のほうで何かがちりちりと焼ける。同時に、和美という女の強さを思った。

和美は伸也の嫁でありながら、義弟とも義父とも肉体関係がある。つまり、いま家にいる男全員に抱かれているのだ。

なのに、夫の伸也と何事もないように話している。

もし自分が和美だったら、とてもこんな平静ではいられないだろうと思う。

(女は強いな。動じることがない)

二人の会話が弾んでいるようなので、

「ご馳走様」

席を立つと、

「あっ、お義父さま。すみません」

和美がちらっと達夫を見た。

「いいよ。気にするな」

達夫はビールとコップを持って、リビングにある一人掛け用の椅子に腰をおろす。

手酌でビールを啜りながら、ふと思う。

(今日はひさしぶりに伸也がゆっくりできているから、あれをするんだろうな)

この前のように覗いてみたいという気持ちが起きたが、あわててそれを打ち消す。

(バカなことを。わざわざそんなことをして、自分の気持ちを乱すことはない)

あれから一カ月が経過して、その間に二度、和美とは身体を合わせた。

夫が留守がちで女盛りの身体を持て余しているのか、和美は達夫の愛撫に応えて、激しく身悶え、悦びの声をあげる。

伸也との間ではなかなかイケないようだったが、達夫の前ではきっちりと絶頂に昇りつめる。

達夫が苛立たしさを覚えながらもどこか安心していられるのは、セックスでは伸也より自分が上であるという優越感があるからかもしれない。

話が終わったのか、伸也がリビングにやってきた。

ソファに大儀そうに腰をおろして、言った。

「オヤジ、俺、しばらく大阪行きがつづくみたいだから。その間、家のことをよろしく頼むよ。和美のことも」

「あ、ああ……わかった」

そう答えながらも、達夫の心は千々に乱れる。

伸也と顔を合わせるのがつらくて、リモコンでテレビのスイッチを入れる。パチッと音がして、映像が出てきた。七時のニュースを見ていると、

「暗いニュースばかりで、気が滅入るよ。お笑いとかやってないのかよ」

伸也が身を乗り出してリモコンをつかみ、チャンネルをまわした。

お笑い芸人の出ているクイズ番組で止め、出題された問題に自分も解答者のように答えている。

(能天気だな、お前は……)

達夫は、伸也の横顔からテレビの画面へと視線を移した。

顔はきれいだが頭のなかはからっぽの若い女が頓珍漢な答えを出し、司会者がツッコミを入れて笑いを誘っている。

(世の中、太平楽だな)

達夫はコップのビールをぐびっと飲み干した。

2

二週間後、伸也が大阪への出張で家を留守にしたその深夜、達夫は床を抜け出して和美の寝室に向かった。

達夫と和美の間には、二人にしかわからない符号ができていた。

和美が時々身につけるラベンダー色のネグリジェ。それが、今夜はＯＫですよ、いらしてくださいというサインだった。

そして今日、和美はラベンダー色のネグリジェをつけて、リビングにいる達夫の前をさり気なく横切っていった。

達夫は忍び足で廊下を歩き、和美の部屋のドアを開けようとすると、なかから諍《いさか》いの声が聞こえてきた。

「どうして、やらせてくれないんだよ！」

紛れもなく、智己の声だ。

「だから言ったでしょう。智己くんは今、大切な時期なの。こんなことしてたら、勉強に集中できないでしょ」

「だから、それは違うって。お義姉さんとしたほうが、集中できるんだって」

「この前の模試。成績落ちてたでしょ。どういうことなの？」

「……あれは、義姉さんがやらせてくれないから、だから……」

「ウソ。わたしのことは忘れて、勉強して」

「いやだ！」

「あっ……やめて。やめなさい」

部屋のなかが急に静かになった。

(どうしたんだ？)

様子を知りたくなって、達夫は隣室に向かった。

和美が危ない状況だったら、すぐにでも飛び込んでいくつもりで、壁際に椅子を置き、孔をふさいである蓋を外した。

覗くと、ベッドの脇に立った智己の前に、和美がしゃがみこんでいた。

智己のパジャマのズボンが膝までおろされ、そそりたつ肉棹を和美が握って、しごいている。

ラベンダー色の艶かしいネグリジェ姿で、和美は智己を見あげて言った。

「お口でするだけよ。それで、我慢して。わかったわね？」

「あ、ああ」

口ごもりながら、智己はすでにうっとりと目を細めている。

どうやら、和美はフェラチオで智己の矛先をかわそうとしているらしい。

（こらっ、そんなことしなくていいんだ！）

部屋に踏み込んで、智己を叱りつけてやろうかとも思った。だが、そうすればただでさえ険悪な親子の関係がさらに破綻をきたすだろう。

それ以上に、心のどこかで和美が肉茎に奉仕する姿を見たいという気持ちがあった。以前に覗き見た、伸也相手の男をかきたてるような吸茎の仕種や、庭から覗いたときに目にした、智己への情熱的なフェラチオシーンはまだ瞼の裏に焼きついている。

（私は覗きにとりつかれているのか？　いや、そんなはずはない。今は二人を泳がせているだけだ。和美さんが危なくなったら、踏み込めばいい）

そう自分に言い聞かせて、達夫は隣室を覗く。

部屋が明るいままなので、二人の様子がはっきりと見える。

すでに、和美は勃起の裏のほうに舌を走らせていた。腹を叩かんばかりの若棹を床に正座する形で、舐めあげ、舐めさげる。

股ぐらに顔を埋め、金玉をしゃぶる。

その間も、猛りたつものをきゅっ、きゅっとしごいている。

目を凝らしていると、皺袋が和美の口のなかに消えるのがわかった。智己が天井を仰いで唸った。

和美は睾丸を吐き出して、またしゃぶりながら、上目遣いに智己の様子をうかがっている。

(なんという女だ。和美さん、なんだかんだと言いながら男が好きなんだな……それにしても、たまらん！)

パジャマを、股間のものが突きあげてきた。

妻が亡くなり、長い間鳴りを潜めていた不肖のムスコが、最近は朝勃ちさえするようになった。それもすべて和美のおかげだ。

ズボンのなかに右手をすべりこませて、いきりたつものを握る。

長男の嫁と義弟のフェラチオシーンを見てセンズリすることに、大いに後ろめたさはあった。だが、体が反応するのだから仕方がない。

（私は道徳観など持ち合わせていないのだ。そんなもの、和美さんに手を出したとき、ドブに捨てた）

熱く脈動するものを擦りながら、目を凝らした。

和美は裏筋を舐めあげて、舌を接したまま上から頬張った。

きちんと膝を揃え、尻をあげ、右手で若茎の根元をつかんで角度を調節しながら、ゆったりと顔を振った。

「ううっ、お義姉さん！」

智己が唸って、気持ちよさそうに目をつむる。

和美は肉棹を吐き出して、今度は側面のほうにキスをする。

何度も唇を押しつけてから、反対側にもキスをする。

そのままエラのくびれに舌をからみつかせて、ねっとりと舐める。

いったん顔を離して、聞いた。

「気持ちいい？」

「ああ、気持ちいいよ。お義姉さんのフェラは最高だ」

「あらっ、他の女の人にもやってもらったことがあるの？」

「ないよ、そんなこと」

「だったら、どうして最高だってわかる？　もっと上手い女の人がいるかもしれないでしょ？」

「……わかるんだよ。お義姉さんは最高だ。焦らさないでよ」

和美はふふっと笑い、ふたたび肉棹に唇をかぶせていく。

ゆったりと顔を打ち振りながら、根元のほうを指でしごいている。

「ううっ、ツーッ」

智己が歯列の隙間から息を吸い込むのがわかった。

（たまらんだろうな、あれは）

達夫も和美に吸茎されている気分になって、ムスコをしごく。

和美が茎胴全体を右手で握った。ほっそりした指をからみつかせ、包皮を亀頭冠にぶつけるようにきゅっ、きゅっと擦る。その効果を推し量るような目で、智己を見あげている。

それから、浅く頬張って、亀頭冠を中心に速いリズムで唇を往復させる。

「ううっ、ダメだ。もう、いいよ……やりたいんだ。入れたいんだ」

智己が突き放しにかかる。

すると、和美は両手を智己の腰にまわして引き寄せながら、肉棹を根元まで吸い込んだ。

「ううっ、やめろよ。やめてくれ」

智己がもがく。その拍子に、足をもつれさせてベッドに倒れ込んだ。

仰向けになった智己の股間に、和美は顔を寄せて、猛りたつものを頬張っている。

「やめてくれ……やめ……ううぅぅ、くぅぅぅ」

智己の抗いの声が呻きに変わった。

「いいのよ、お口に出して。飲んであげるから」

いったん顔をあげて言う間も、和美は肉茎を指で擦っている。

また顔を埋めて、徐々にストロークのピッチをあげていく。右手と口を連動させていきりたつものを激しく刺激する。

「ううぅぅ……ぅあぁぁぁ」

投げ出された智己の足が突っ張るのが見えた。

和美の顔が速いピッチで上下動する。

「ぅあぁぁぁ、出るぅ……うわっ……！」

智己が下腹を突きあげながら唸った。

和美は放出されるものを、頬張ったまま受け止めている。

やがて、智己の腰の上下動がとまった。胸を喘がせながら、智己はこれまでの激情が嘘のように静かになった。

和美が顔をあげて、口腔に溜まった白濁液を飲みくだしているのが顔の動きでわかる。

沈黙のあとで、和美が言った。

「行きなさい。部屋に戻って」

「……いやだ」

「行きなさい」

和美は智己を立たせると、ブリーフとズボンを引きあげてやった。

智己はしばらく躊躇していたが、やがて諦めたのか、部屋を出ていく。

しばらく待ってから、達夫は椅子を降りて、部屋を出た。

股間のものは暴発寸前まで怒張している。

若夫婦の寝室に踏み込むと、ベッドの端に腰をおろしてうつむいていた和美が、ハッとしたように顔をあげた。

「今、ここで智己と何をしていた?」

問い詰めると、和美の表情が可哀相なくらいにこわばった。

「……話をしていました」

「ウソをつくな」

達夫は和美を押し倒して、ベッドに両腕を押さえつけた。

和美の口許に鼻を近づけて、くんくんと匂いを嗅ぐ。

「ザーメンの匂いがするな」

言うと、和美はあわてて息を止める。

「そんなことをしたって無駄だ。あんたの口からは、男のあれの匂いがぷんぷんしている。智己のを飲んだんだな。そうだな？」

「……すみません。こうするしかなかったんです」

言い逃れできないと思ったのか、和美は認めて、唇をきゅっと噛んだ。

「約束したよな。智己とはきっぱり縁を切ると。切れてないじゃないか」

「していません。智己くんとはあれから、していません」

そう言う和美の瞳には、きらきらと光るものがにじんでいた。

「あれを咥えるのだって、セックスのうちなんだよ」

「うう……すみません。もう、しません。誓います」

「どうだかな……とにかくまず、その臭い口をきれいにしてきなさい。それからだ」

腕を放すと、和美は口許を押さえて立ちあがり、走るように部屋を出ていく。

強い態度に出たものの、和美がいなくなると、急に不安になった。

(まさか、戻ってこないなんてことはないだろうな)

だが、それは杞憂に終わった。

しばらくして、ドアが開き、和美が部屋に入ってきた。

「しっかり歯を磨いて、ウガイをしてきたんだろうな?」

「はい……」

うなずいて、和美はネグリジェ姿で佇んでいる。

「こっちに来なさい。座って」

膝を指すと、和美は近づいてきて、ベッドの端に腰かけている達夫の膝に横向きに尻を載せてくる。

「ハーッとしてみなさい」

和美が遠慮がちに息を吐いた。今度は歯磨き粉のすがすがしい香りがする。

「合格ですか?」

「ああ、合格だ。もう一度言うぞ。もう、さっきみたいなことはやめるんだ。智己が言うことを聞かないなら、私に言いに来なさい。何とかするから。約束できるな?」

「はい、お義父さま」

和美の従順な対応が、達夫の気持ちを満足させた。

顔を傾けてキスをせまると、和美も反対方向に顔を曲げて唇を寄せてくる。

歯磨き粉の香りを感じながら、唇を押しつけた。

和美も首の後ろに手をまわして、上体をひねり、唇を合わせてくる。

やさしいキスをするつもりが、ぷるるんとした若い唇のしなりを感じるにつれて気持ちが荒ぶり、強引に舌をねじこんでいた。

「んんんっ……」

鼻の奥からくぐもり声を洩らして、和美も応えてきた。

押し込んだ舌をかるく吸い、そして、舌をからませてくる。

(ああ、和美さんは私のことが好きなんだな)

熱い思いが込みあげてきて、中間地点で舌をぶつける。

舌先で薄い舌をくすぐり、ちゅーっと吸った。

「うんっ……」

強く吸いすぎたのか、和美は一瞬苦しそうに呻いた。

舌をしごくように吐き出すと、「ぁあぁぁ」と震える吐息をこぼして、ぎゅっと抱きついてくる。

「わたし、お義父さまのこと、好きになっちゃいそう」

耳元で甘く囁かれると、長らく忘れていたときめきが胸にせりあがってきた。

「いいんだぞ。好きになっても」

歯の浮くような言葉が自然に出る。

ふたたび二人は唇を合わせて、舌をぶつけたり、からませたりする。

唾液の甘い匂いを感じながら、達夫は片方の手で胸を揉みしだいた。

ネグリジェの薄い布地を通して、ノーブラの乳房の弾力が伝わってくる。

トップの突起をさぐりあて、布地越しに揉み込むと、

「はぁあああぁぁ……いや、お義父さま」

キスしていられなくなったのか、和美は口を離して、切なげに身体をよじった。

「いやじゃないだろ。本当はこうされたかったくせに」

達夫はネグリジェの襟元から手をすべらせて、じかに乳房をつかんだ。

湿りを帯びた乳肌は指腹にしっとりと吸いついて、揉むと指が柔らかく沈み込む。

中心のしこりを指腹に挟んで、くりっ、くりっと転がした。

「ううんん、やあぁぁ」

「感じるのか？」

「はい……感じます。すごく感じる……ぁああ」

乳首をいじっているのに、和美は下半身をもどかしそうにくねらせる。

膝に載った豊臀がじりっ、じりっと動いて、イチモツを刺激してくる。

達夫は右手を胸から抜いて、下半身へと移した。

ネグリジェの裾をたくしあげながら、太腿の間に手をねじこんだ。

「うっ……」

和美がうつむいて、いやいやをするように首を振った。

「足を開いて！」

むっちりとした太腿の圧迫感がゆるみ、達夫は自由になった右手でパンティ越しに女の秘苑をまさぐる。

表面はすべすべしていた。それでも、柔肉が沈み込む感触を味わいながら撫でさするうちに、一部に湿りけが感じられるようになった。

なおも縦になぞると、ぐにゅぐにゃ感が強くなり、ねちっ、ぬちゃと淫靡な音が耳に忍び込んできた。

「和美さん、聞こえるか？　なんだ、この音は？」

「やぁあん……聞かないで。耳をふさいでください」

和美は恥ずかしそうに言って、達夫の耳を手で覆ってくる。

そんな仕種にかわいらしさを感じながらも、

「そんなことをしても無駄だ。耳をふさいでも、よく聞こえるぞ。ネチッ、ネチッっていやらしい音が」

「いや、いや、いやっ」

和美が首を左右に振る。今度は自分の耳を手で覆っている。

（たまらんな、この女は……）

達夫はパンティの途中をつかんで、慎重に持ちあげてみた。

ネグリジェがまくれあがっているので、鮮やかな刺繍の入った赤のパンティの基底部が紐のようになって、裂唇に食い込んでいるのが見えた。

「ぁああ、いやです。お義父さま！」

和美がネグリジェの裾をおろした。

「ダメだ。まくって。見せなさい」

「ああ、でも、恥ずかしいわ」

「いいから、しなさい」

強く言うと、和美は諦めたようにネグリジェをたくしあげた。

「ふふっ、赤のパンティか。どうして、こんないやらしいのをつけているんだ？」

「いや……言えない」

「私のためにつけたんだな。そうだろ？」

「……はい」

「ふふっ、もっと。よく見えるように、足を開きなさい……もっとだ」

あらわになった足がおずおずとひろがって、ほぼ直角になったところで止まった。

「ほうら、見えた。パンティがあそこに食い込んでるじゃないか。いやらしいビラビラが丸見えだ」

達夫は言葉でなぶりながら、パンティをつんつん引っ張る。

そのたびに、シルクタッチの布地の基底部が媚肉に食い込んで、左右から柔らかそうな恥毛と変色した肉土手がはみだした。

「いやぁああん。許して、許してください、お義父さま」

和美がうつむいたまま訴えてくる。

直角に開かれた太腿の内側がぶるぶると震えている。

「ふふっ、許せんな。亭主の弟を誘惑するような女は、許せん」

達夫はパンティをぎりぎりまで引きあげておいて、左右に大きく揺すった。紐のように細くなった船底が裂唇を深々と割り、ぷっくりした肉土手がますますはみだしてきた。

左右に揺れるたびに、ねちっ、ぬちゃっという音が撥ねた。

「ぁあぁぁ、いやぁぁ……やめて、お義父さま、恥ずかしい」

そう言いながらも、和美の腰はもっととせがむようにくねっている。

「なんだ、このいやらしい腰つきは？　せっかくの美人が台無しじゃないか」

「いやぁああん……」

和美はうつむいて、激しく顔を左右に振る。

こらえきれなくなった。

「淫らな嫁にはバツを与えなくてはな。しゃぶりなさい」

和美を膝からおろして、自分はベッドの端に腰かけたまま命じた。

「脱がせるんだ」

前にしゃがんだ和美は、パジャマのズボンをつかんで引きおろした。

3

ブリーフが高々とテントを張っているところに、和美がちらっと視線を落とす。

それから、ブリーフを脱がそうとするので、

「ダメだ。まずは下着の上から、かわいがりなさい。返事は？」

「……はい」

和美の従順な返事が、達夫の女への支配欲を満たす。

両膝を床に突いて、和美はブリーフ越しに勃起を手でなぞってきた。皺袋のほうからその形を確認するようにさすりあげ、カリの出っ張りのところに指をからませる。

亀頭冠の丸みを確かめるように指を這わせ、また下へおろしていく。

それから、顔を寄せてきた。

やや右に傾斜した肉柱にちゅっ、ちゅっと唇を押しつける。ブリーフを通して、柔らかな唇を感じる。

和美はその間も、金玉を下から揉みあげるようにあやしている。

その手があがってきた。皺袋から根元に、さらに上方へと肉柱を握りながら擦りあげてくる。そうしながら、亀頭冠を舐めてくる。

一枚の布地越しの愛撫がこんなに気持ちいいものだとは知らなかった。

達夫はさらさらした髪を撫でながら、もたらされる快美感に酔った。

次に、和美は全体を舐めてきた。

血管がはち切れそうなほどにふくらんだ肉棹の表面を、布越しに舌が這う。

唾液を吸い込んだブリーフが濡れてくる頃には、達夫のほうが音をあげていた。

「よし。下着を脱がせなさい。ただし、手を使うんじゃないぞ。口だけで脱がせてくれ……返事は！」

「はい……」

和美は口を寄せてくる。

ブリーフの上端のストレッチ部分を噛んで、持ちあげた。

途中でブリーフを離してしまい、また歯列の間に挟んで引っ張る。

鋭角にいきりたつ肉棹に手こずり、何度も失敗を繰り返しながら、最後にはブリーフをめくりおろした。

飛び出してきた赤銅色の勃起が、ぶるるんと揺れる。

達夫が腰を浮かすと、和美はブリーフを噛んだまま全身を使って、膝まで剝きおろした。あとは達夫が自分でブリーフをおろして、足先から抜き取る。

「頑張ったな、いい子だ。いいぞ、咥えて」

許可を与えると、和美が顔を寄せてきた。

一連の行為で自身も昂っているのか、いつもの和美とは違って、いきなりしゃぶりついてきた。

ちゅっぱっと肉茎を頬張り、なかでねちっこく舌をからませてくる。

あふれでる唾液で亀頭冠を濡らすと、顔をあげて、震える吐息をこぼした。

「欲しかったか？」

「はい……これが欲しかった、すごく」

そう答える和美の声が濡れていた。

根元をつかんだ指で茎胴を情熱的に擦りあげながら、唇をかぶせて、リズミカルに打ち振る。

それから吐き出して、「はぁあああぁ」と甘やかな吐息をこぼした。

垂れ落ちた髪を耳の後ろにかきあげ、亀頭の真裏の包皮の付け根をちろちろとあやしながら、上目遣いに見あげてくる。

また顔を伏せ、なかばまで頬張り、なかで舌をからませてくる。

男のものが好きでたまらないという仕種を見ていると、強い衝動がうねりあがってきた。

「和美さん、ネグリジェを脱ぎなさい」

和美は肉茎を吐き出し、ラベンダー色のネグリジェの裾をつかんでめくりあげるようにして、首から抜き取った。

まるでラベンダーの花びらが舞い散るようだった。

雪白の乳房がこぼれでて、和美は胸のふくらみを恥ずかしそうに隠した。

「何をしている。パンティもだ」

命じると、和美は座ったままパンティをおろして、足踏みするようにしながら抜き取っていく。その間に、達夫もパジャマを脱いで素っ裸になる。

「立ちなさい」

「はい……」

和美がおずおずと身体を起こした。

シーリングの明るい灯のもとで見る和美の裸身は、眩《まぼゆ》いばかりに色白で肌もきめ細かい。スレンダーだが出るべきところは出た女らしい曲線が、達夫の劣情をあおった。

「ベッドに寝て」

うなずいて、和美はベッドにあがった。

シーツの上に裸身を横たえて、胸と股間を隠している。

「あんたはさっき、してはいけないことをした。それはわかっているな?」

「……はい」

「お仕置きをする、いいな」

「はい、お仕置きをしてください」

「いい心がけだ」

達夫は、和美の肩をまたぐようにして、馬乗りになった。

それから、猛りたつものを顔に近づけた。唾液でぬめ光る亀頭部で、和美の顔面を突く。額から鼻にかけてすべらせ、さらに頬に切っ先を押しつけた。

「ううぅぅ、いやです」

和美が顔を逃がした。

「言っただろう。これはお仕置きだ。苦しいに決まっているじゃないか。我慢できるな?」

「は、はい」

殊勝にうなずく和美の髪の毛をつかんで、顔を固定させた。

そうしておいて、切っ先を頬にぐいぐい押しつけていく。

まったく引っ掛かりのないすべすべの頰が、グロテスクな亀頭部に押されて窪む。繊細な頰がほんのりと赤くなった。

和美はつらそうに眉根を寄せながらも、耐えている。

右の頰の次は左の頰と、屹立を押しつけた。わずかにしなる頰の感触がこたえられない。

いや、それ以上に和美のやさしい顔を男性器で穢《けが》しているのだという思いが、達夫を昂らせた。

亀頭部を口許に近づけると、和美は自分から口を開けて、迎え入れようとする。

「ふふっ、なんだ。その口は。どうして、口を開いてる？」

「あぁ、お口に。お口にください」

和美が下から哀切な目で見あげてきた。

「しょうがないやつだな。ほら」

達夫は勃起を唇の間に押し込んでいく。

ちょうど前にあったヘッドボードに手をかけ、体を前傾させて、分身を深くまで打ち込んだ。

「うぐっ……」

つらそうに眉根を寄せながらも、和美は逃げようとしないで、口いっぱいに頬張ったままじっとしている。

達夫は腰を引いて、浅いところでピストン運動させる。

すると、和美は苦しそうな表情で、柔らかな唇をぴっちりと肉棹にからめてくる。

「よおし、上手いぞ。エッチな女だ。和美はエッチな女だ。おおぅぅ」

もたらされる快美感に酔いながら、達夫は腰を律動させて、肉棹を往復させる。

動きにつれて、湿った唇が肉茎にまとわりついてくる。

唇を突き出し気味にして、眉をハの字に折りながらも、吸いついてくる和美。

「おおう、和美さん、いいぞ。あんたは最高の女だ。そうら」

強い衝動に駆られて、達夫はぐいと肉棹を打ち込んだ。

喉まで切っ先を届かされて、和美は「うぐっ」と横隔膜を震わせた。

「我慢しなさい」

さらに奥まで押し込むと、和美は呻きながら手足をバタバタさせる。

後ろを見ると、すらりとした足の踵がシーツを蹴っている。

「うぐぐ、うぐぐっ……」

和美が痙攣しはじめたのを見て、達夫は肉棹を引き抜いた。

さかんに噎《む》せる和美を横目に見て、達夫はいったん立ちあがり、腹部をまたいだ。

肉柱に手を添えて、切っ先を乳房に押しつける。

唾液でぬめる亀の頭が、神聖な乳房を犯している。

グロテスクな頭部が、形よくふくらんだ女の乳房を押して、そのたびに乳房がゆがんでへこむ。

円を描くように切っ先で乳肌を擦りあげた。

それでも、和美は抗《あらが》おうとはしなかった。

されるがままに乳房を突かれ、ただただ喘いでいる。

達夫は亀頭部を乳首にあてて、ぐいぐいと押しつける。

しこってせりだしていた濃いピンクの蕾が、亀頭で押さえて乳暈にめりこむ。

「あああぁぁ、あああぁぁぁ」

和美が切なそうに喘いだ。

「気持ちいいんだな。そうだろ？」

「ああ、はい、おかしくなります」

そう言って、和美は自ら乳房を押しつけてくる。

「和美さんはこうされるのが好きだからな」

達夫は亀頭部で乳暈と乳首を突いていたが、

「もっと、和美さんを悦ばせてやるからな。待っていなさい」

そう言って、ベッドを降りた。

4

「ちょっと、失礼するよ」

達夫はクロゼットをさぐって、ガウンとバスローブの腰紐を抜き取った。

二本の腰紐を持ってベッドにあがると、

「ど、どうなさるんですか？」

和美が不安げに見つめてくる。

「こうするんだ」

半身を起こしていた和美をベッドに座らせ、右手で右足の足首を内側から握らせる。

「ちょっと……これ？」

「大丈夫だ。痛くはないから」

達夫は足と手の交差する箇所に腰紐をまわしていく。二周させて、あまった部分をぎゅっと結んだ。

「痛くないか？」

「あ、はい」

「じゃあ、こっちもだ」

和美は左手でおずおずと左足の足首をつかむ。

「こういうことをされるのは、初めてか？」

「はい……初めてです。お義父さまは経験がおありなんですか？」

「昔、ちょっとね」

セックスを生き甲斐にしていたとき、ある本を読んで、簡単な縛りを二、三覚えた。もっとも、こんなものは縛りのうちには入らないだろうが。

達夫は手首と足首にかかるように腰紐をまわし、最後に解けないように結び目を留めた。

右手と右足、左手と左足をひとつにくくられて、和美は上体を屈めるような姿勢で達夫を見る。自分は何をされるのだろうという不安げな表情が、和美にはよく似合った。

「このまま、後ろに倒すからな」

後頭部を打たないように慎重に身体を後ろに持っていくと、和美は仰向けに転がって、足を閉じようとする。

達夫は両膝をつかんで、ぐいと押し開いた。

左右の曲がった膝が無残にひろがって、翳りとともに女の苑があらわになる。

「ぁあぁぁ、いやです……お義父さま、これ、いやっ」

和美が下から顔を持ちあげて、訴えてくる。

各々の手首と足首が結ばれているので、腰が持ちあがって、恥肉の割れ目はおろか尻の孔まで見えてしまっている。

「ふふっ、和美さん、いい格好だぞ。恥ずかしい箇所が丸見えだ」

「いやぁああ！」

懸命に閉じようとする足をもう一度、ぐいと押しひろげた。

「ビラビラがひろがって、なかまで見えるぞ。ローストビーフのような色をしているな。粘膜がいやらしく光ってる。なんでこんなに濡らしているんだ？」

膝を開かせた状態でなぶる。

「……それは、それは……お義父さまが悪さをするから」

「和美さんはちょっと悪さをされただけで、こんなに濡らしてしまうんだな。男が好きか？　いじめられるのが好きか？」

「ううう、知りません」

唇をきゅっと嚙んで、和美はそっぽを向く。

それでも、肉びらがひろがった媚肉からは、とろっとした蜜のようなものがそれとわかるほどににじんでいる。

達夫はベッドに這う形で、持ちあがっている恥肉に顔を埋めた。

足をつかんで開かせながら、濡れ溝にしゃぶりつく。

甘酸っぱい性臭を放つ潤みにぬるっ、ぬるっと舌を走らせると、

「ぁあぁぁぁ……くうんんん」

鳩が鳴くような声とともに、腰がじりっと揺れた。

達夫は全体を唇で覆って、ちゅーっと吸いあげる。

ぐにゅぐにゅした肉びらが口腔に入り込み、和美はくぐもった声を撥ねさせる。

柔軟な肉びらを揉みほぐし、しごくように吐き出した。

よじれた肉の萼がほつれて、内部の複雑な構造を示すピンクの粘膜が収縮しているのが見える。

「いやらしいおまんこだ。こいつが和美さんをいやらしくさせているんだな」

言っても、もう和美は答を返せない。

はあはあと胸を喘がせ、時々内腿を痙攣させている。

達夫はふたたび顔を埋めて、肉孔に舌を押し込む。

潤みの中心に舌を尖らせて、できるだけ潜り込ませる。

「くうぅぅ……ぁあぁぁ、それ……いやぁああん、うぐっ」

ひときわ大きく喘いで、和美は顎をせりあげる。

膣肉の内部は表面とは違って、酸味の強い独特の味がした。心なしか性臭も強くなっている。

とろみを感じながら、舌を入れたり出したりすると、

「ああぁぁぁ、お義父さま、ダメ……ダメ……ぁあああぁぁぁ」

和美は身体を痙攣させて、さしせまった声をあげる。

ならばと、達夫は今度は上方の肉芽に目標を移した。

船底形の花肉が交わる少し下で、帽子をかぶった突起がひくひくと震えている。根元から口に含んで、ちゅーっと吸った。

肉の芽が伸びる感触があって、和美は甲高く喘ぐ。

吐き出して、本体を舐めあげた。ちろちろと舌を走らせると、

「あっ……あっ……くうぅぅぅ、ぁあああぁぁ」

持ちあがった腰を切なげに揺らして、和美は腹から声を絞り出す。

「どうした？　ケツがいやらしく揺れているぞ。どうして欲しいんだ？」

達夫は顔をあげて言う。

「ぁあぁぁ、ぅううっ」

和美が言いよどんでいるので、

「言わないと、くくったまま放っておくぞ。それでいいんだな？」

しばらく和美はためらっていたが、やがて、

「ください」

「くださいって、何を？　はっきり言わないとわからんだろう」

「……ぅう、お義父さまの、お、お……いやぁあ、言えません」

和美が途中で言葉を切って、いやいやをするように首を振った。

「じゃぁ、このままだな」

「ぁああ、それはいやっ……」

「だったら、言いなさい」

「和美は、和美はお義父さまの、お、お……おちんちんが欲しい……いやあぁぁ」

言ってしまって、和美は唇をぎゅっと噛みしめる。

「こいつをどこに欲しいんだ？　口でいいのか？」

「ああ、そうじゃないわ。あそこよ。あそこに欲しい」

「ふふっ、あそこってどこだ？　わからんな」

「意地悪だわ。お義父さま、意地悪だわ」

「……はっきり言ってくれないと、わからんな。おちんちんをどこに入れて欲しいのかな？　ほら、言うんだ」

和美はその言葉を何度も言いかけて、呑み込んでいたが、やがて、

「お……おまんこ」

ぼそっと口にする。

「うん、何だ？　聞こえなかったな」

「お、おまんこ……いやぁあああぁ」

今度ははっきりと言って、羞恥に身をよじる。

「じゃあ、つづけて言ってみなさい。ほら」

「……お義父さまのおちんちんを……和美の、お、お……おま、おまんこに入れてください。ぁあああ、いやぁぁっ」

自分がそれを言ってしまったことが耐えられないといったふうに、和美は激しく身

をよじる。

「よく言った。よし、ご褒美だ」

達夫は開いた足の間に腰を割り込ませて、切っ先でぬかるみをさぐった。とろとろに蕩けた極上のトロのような感触がまとわりついてくる。

少し体重をかけただけで、先端が潤みに潜り込んだ。

まるで招かれるように、切っ先が深みへとすべりこんでいく。

「うぐっ……うはあああぁぁぁぁ」

和美は足首をつかんだ指に力を込めて、のけぞりかえった。

「うおぉぉ、うぐぐっ……」

達夫も奥歯をくいしばった。挿入しただけで、内部の肉襞がぐぐっと盛りあがって分身を締めつけてきた。

それをこらえて、達夫は膝をつかんで開かせ、上から突き刺していく。

「和美さん、こっちを見ろ。ほら、何が見える?」

和美が顔を持ちあげて、達夫を見た。その視線が接合部分に落ちた。

達夫が腰を振ると、肉柱がずぶっ、ずぶっと繊毛の奥を犯していく。肉襞が屹立にからみつくさままで丸見えだ。

「いやぁあああ……」

顔をそむけて、和美が悲鳴をあげた。

「ダメだ。ちゃんと見るんだ」

叱責すると、和美はおずおずと顔を向ける。

今度は目を離さないで、おぞましい肉棹が自らの体内に入り込むさまを、怯えた表情で見ている。

「ちんちんが和美のあそこにずっぽりと嵌まっているだろう。どうだ、感想は？」

「ああ、可哀相だわ。和美のあそこが可哀相……」

そう言いながらも、和美は視線を釘付けにされている。

「可哀相だって？　そうじゃないだろ。本当は悦んでいるくせに。いいか、ちゃんと見てるんだぞ」

達夫はゆったりと大きく腰をつかった。

淫蜜にぬめる肉棹が自らの秘苑をずぶずぶと犯していくさまが、和美にもはっきり見えるはずだ。

「そうら、そら、そら」

達夫が腰振りのピッチをあげると、

「うっ、うっ……ぁあぁぁ、ダメぇ……はぁあぁぁぁ」

見ていられなくなったのか、和美はこちらから表情が見えないほどに顔をのけぞらせた。

達夫は足を放して、覆いかぶさっていく。

首の後ろに腕をまわし、引き寄せながら、腰を躍動させる。

右手首と右足首、左手首と左足首をそれぞれくくられた和美は、身体をやや丸めた姿勢で、律動を受け止めている。

「お義父さま、解いて。もっと感じたいの」

「ダメだ。このままイクんだ。解かないぞ」

言い聞かせて、達夫は首の後ろにまわした手に力を込め、渾身の力を込めて肉棹で膣を擦りあげる。

ずりゅぅ、ずりゅぅと亀頭が肉襞をうがつ感触がこたえられない。

キスをすると、和美も唇を合わせて、積極的に舌をからめてくる。

舌の押し合いをして、ねろねろとからませながら、達夫は緩急をつけて肉路を擦りあげる。

「ううっ、んんんっ……」

唇を合わせながら、和美がのけぞった。

身体の奥から放たれる甘い息の匂いが、達夫の鼻孔に忍び込んでくる。

喘ぐ唇を貪りながら、腰をつかった。

「ぅうぅう、ぅうぅうぅう……いやあぁぁぁ、イク。イッちゃう。お義父さま、イッていいですか？」

和美が唇を離して、許可を請う。

「いいぞ。そうら、イケ。そうら」

達夫はいったん腰を浮かせて、たん、たん、たんと肉棹を叩きつけた。

それからまた深くえぐる。

速く深いストロークを繰り出すと、和美はぶるぶると震えだした。

「ぁあああ、イク、イク、イクぅ……和美、イクっ」

「そうら、イケ」

反動をつけた一撃を叩き込んだ直後、

「はうっ……うむ」

最後は生臭く呻いて、和美は首から上をのけぞらせた。

頭を枕にめりこませるようにして、がくっ、がくっと痙攣した。

達夫がくっていた紐を解くと、手首と足首に赤い条痕が残った。

紐の跡を癒すこともできずに、和美はぐったりとなって横臥している。

背中から尻にかけてのやさしげな丸みを鑑賞しながら、達夫はいまだ健在な勃起を指でしごいていた。

5

「和美さん、まだ終わりじゃないぞ。ほら、起きて。しゃぶるんだ」

ぽんと尻を叩くと、和美は緩慢な動作で上体を起こした。

ベッドに仰向けになった達夫の足の間に身体を入れて、股間に顔を寄せてきた。

乱れ髪をかきあげて、耳の後ろに寄せた。

達夫が指で支えている肉棹を舐めてきた。裏のほうに舌を走らせて、自らの淫蜜を舐めとり、そこにあらたに唾液を塗り込んでいく。

達夫が手を離すと、自分で握って、ねっとりと舌をからませてくる。

和美は男にご奉仕する奴隷のように、情感込めて丁寧に肉棹を清める。

それから頬張り、じゃるるっと卑猥な唾音を立てて、肉茎を吸ってくる。

深々と咥えて苦しそうに眉根を寄せながらも、ゆったりと唇をすべらせる。

吐き出して、側面を舐めてくる。

亀頭冠に舌をからませ、くびれに舌を入れてねぶりまわす。

「和美さん、オナニーしなさい」

言うと、和美がエッというように顔をあげた。

「ご奉仕しながら、オナニーするんだ。ほら」

せかすと、和美は右手を腹のほうから潜らせて、太腿の付け根に届かせた。

すぐに指が動きはじめた。

「いやらしい音を聞かせなさい」

しばらくすると、和美の腕が震えて、チャッ、チャッ、チャッと水が撥ねるような音が聞こえた。

「ぁああ、恥ずかしい……この音、いやっ」

「ほら、口が遊んでるだろ。咥えるんだ」

言い聞かせると、和美は肉茎を口に含んだ。

唇をかぶせて、ゆったりとすべらせる。そうしながら、自らの恥肉をいじっている。

「うん、ぅん、ぅんっ……」

快感をぶつけるように激しくスライドさせていたが、やがて、顔をあげて、

「はぁあああぁぁぁぁ」

感極まった喘ぎを伸ばした。

「どうした？　咥えてられないのか？」

「ぁああ、ごめんなさい。お義父さま、これが欲しい……」

そう言って、和美は目の前の肉棹をぎゅっとつかんだ。

「しょうがない女だな。よし、待ってろ」

達夫はベッドから降りて、床に立った。

「和美、こっちに来い。ダメだ。這ったまま、ケツを向けて」

命じると、和美は後ろ向きに這ってきた。

白々とした光沢を放つ臀部が、フィルムを巻き戻したように近づいてくる。

「もっと、こっちに」

和美はエッジぎりぎりにまで身体を移動させてくる。

「さっきのつづきだ。オナニーしろ」

腹を潜った右手が、尻たぶの狭間に伸びてきた。

ぷっくりとふくれた肉土手の渓谷を、ほっそりした指がしなやかになぞる。

「あそこをひろげて、見せなさい」

「ああ、恥ずかしいわ」

「ダメだ。やらないと、してやらないからな」

クリアカラーのマニキュアが光沢を放つ指先が、おずおずと恥肉にあてられ、V字に開いた。それにつれて肉の萼がひろがって、鮮紅色にぬめる粘膜があらわになる。

「ふふっ、丸見えだ」

「ああ、恥ずかしい……」

「そのまま、ひろげてろよ」

達夫は肉棹に手を添えて、切っ先を濡れ溝に近づけた。

指で操作して、亀頭部でぬかるみを擦りあげる。

「ぁあああぁぁ、それ……いやぁあああ……あぁん」

くなり、くなりと腰を誘うように揺らめかせながらも、和美は指で恥肉をひろげている。

「どうした？　欲しくなったか？」

「ああ、はい……ください」

「じゃあ、自分で腰を振って、擦りつけてみなさい」

和美はためらっていたが、やがて、腰を上下に振って、濡れ溝を切っ先になすりつけてくる。

「ああ、恥ずかしい……お義父さま、許して、許して」

「ダメだ。もっと強く。そうしないと、入れてやらないからな」

和美は羞恥をあらわに身をよじりながら、尻を上下左右に振ってせがんでくる。

あふれでた淫蜜で、切っ先がぬるっ、ぬるっとすべる。

「ああ、お義父さま、我慢できない」

「しょうがない嫁だ。よし、自分で入れなさい」

そう言って、達夫は切っ先を肉孔にあててやる。

和美が腰を寄せてきた。ぐいと尻が突き出された瞬間、亀頭がとば口を割って、内部に入り込んだ。

「あああぁぁ……」

待ちわびていたものを受け入れて、和美は心の底から悦びの声をあげた。

しばらくじっとしていたが、焦れたのか、自分から腰を前後に振りはじめた。

だが、やはり上手くいかないのか、

「お義父さま、動いて。動いてください」

おねだりして、腰をもどかしそうに横揺れさせる。

「しょうがない嫁だ。もう絶対に智己とは何もしないって、約束できるな？」

「はい……約束します」

「いいだろう」

達夫は左右から尻たぶをつかんで引き寄せ、ゆるやかに律動を開始する。

蕩けた肉路を分身がずりゅっ、ずりゅっと押し広げていく感触がこたえられない。

「ぁあぁぁ、気持ちいい……お義父さま、すごく気持ちいいわ」

上体を低くして、腰だけを高々と持ちあげた姿勢で、和美は快美の声を洩らす。

「そうか、そんなにいいか？」

「はい……蕩けちゃう。和美、蕩けちゃう……ぁあぁぁぁ」

達夫がいきなり深いところに打ち込むと、和美はシーツを鷲づかんだ。

床に立つ姿勢だと、体全体が使えて腰を動かしやすい。

達夫は足を踏ん張り、腰の反動をつかって分身を叩きつける。

「あっ、あっ、あっ……」

シーツが持ちあがるほどに握りしめて、快感をあらわにする和美。

つづけざまに打ち込むと、

「やぁあぁ、奥に。お義父さまのが奥に……うぐっ」

和美の腰が自然に前に逃げる。

尻をつかんで引き寄せながら、達夫は壊れよとばかりに切っ先をめりこませる。

「うっ……うっ……うっ……ぁああぁぁぁ、ダメぇ」

和美の裸身が前に跳んだ。

もんどり打つようにして前に崩れたので、肉棹が抜けてむなしく躍る。

達夫もベッドにあがって、和美を仰向かせた。

今度は正面から押し入って、足を持ちあげた。

すらりとした足をV字に開かせ、自分は上体を立てたまま、ぐいぐいとえぐりこんでいく。

「あああぁぁ、へんになるぅ……ぁああぁぁ、ぁああぁぁぁ」

和美は乳房を波打たせながら、悩ましい声を噴きこぼす。

二十七歳の若妻が自分の軍門にくだって、女をあらわにした姿を見せる。

胸底から歓喜がせりあがってきた。

達夫は足を閉じさせて、肩に担いだ。前屈みになって、狭く感じる肉路をぐいぐいと突く。

「ぁあぁ、これ……」

「どうした？　気持ちいいんだな」

「はい……気持ちいい。あそこが、あそこが……」

和美がシーツを引っ搔いているのを見ると、熱い塊が下腹部からせりあがってきた。

達夫は足を放して、覆いかぶさっていく。

首の後ろに手をまわして引き寄せながら、渾身の力を込めて肉路を擦りあげた。

兆《きざ》しはじめた射精への高まりが急速にひろがってくる。

「おおぅ、そうら、和美さん。イッていいぞ」

いったん腰を浮かせて、つづけざまに叩き込んだ。

「あっ、あっ、あっ……いいっ」

和美が肩口にしがみついてきた。

「あんたは私のものだ。伸也のものでも、智己のものでもない。そうだな？」

「はい、和美は、和美はお義父さまだけのものです」

「そうか……よおし、イクぞ。出すぞ」

腰を浮かせ、反動をつけたストロークを叩きつける。

「あっ、あっ……やぁあああ、お義父さま、イッちゃう。和美、またイッちゃう！」

「イクんだ。そうら」

達夫は深いところに切っ先を届かせて、奥をぐりぐりとえぐった。

それから、またストロークに切り換えて、スパートした。

「あっ、あっ……ぁあああぁぁぁ、イク、イキます」

「イケ。そうら」

ずりゅっと肉路を擦りあげた瞬間、和美が呻いた。

首から上が完全にのけぞるのを見て、達夫は駄目押しの一撃を叩き込む。奥まで届かせたとき、熱いものが爆発した。

脳天にまで響くような射精感が押し寄せてくる。

強烈な痺れに似た感覚で、体が震えた。

「くおおぉぉぉ」

それは、人生で最高の射精に思えた。

漏洩がやんでも、達夫はしばらく動けなかった。

体重を支えながらも、顔を和美の胸につけて、ぜいぜいと息を切らす。

和美もがっくりとなって、微塵も動かない。

どのくらいの時間が経過したのだろう。

ようやく感覚が戻り、達夫は腰を浮かせて、すぐ隣にごろんと横になった。

昂奮が覚めたせいか、自分が長男のベッドにいることが後ろめたくなってきた。

そんな気持ちを、和美が押しやった。

「もう、お義父さまから離れられない」

そう言って、甘えついてくる。

「そうか……大丈夫だ。私がかわいがってやる」

反射的に腕枕した二の腕に、和美は頭を載せて、胸に顔を寄せてくる。

和美が、達夫を見あげて言った。

「今夜はこのまま、いてください。朝になったら、部屋に戻ればいいわ」

「そ、そうだな。そうしよう」

そんなことをしたら危険であることはわかっていた。だが、達夫は拒めなかった。

(私のほうが、和美の虜《とりこ》になっているのかもしれないな)

頭に浮かんだ考えを、達夫はあわてて打ち消した。

第七章　乱入者

1

年が明け、春が来て、智己は大学に合格して、家を離れることになった。第一志望の大学には落ちたものの、第二志望に受かり、関西の大学へと通うことが決まったのだ。

三月、智己の引っ越しを済ませ、本人も送り出して、達夫はほっと一息ついたところだ。

伸也も結局大阪に半年の期間で赴任することになり、一カ月前から大阪に滞在している。息子が三人とも家からいなくなってしまった。

だが、そんな寂しさも、和美を見ると吹き飛んだ。しばらくは、和美と二人でこの家にいられるのだから。

(まるで、新婚生活じゃないか)

達夫は気持ちが浮き立つのを感じていた。

これまでも、和美は伸也が家にいるときは、伸也の妻の役目をけなげに果たした。

だが、伸也が大阪へ立つと、和美は達夫の愛妻となった。

困っているのではないかと思って、そのへんのことを一度聞いたことがある。すると、和美はこう言った。

「わたしの夫は伸也さんですから。伸也さんがいるときは、わたしは伸也さんの嫁です。でも、いないときは、わたしはお義父さまの嫁でいたいんです。それでいけませんか？」

いけないはずがなかった。

（この華奢な身体のどこに、それほどの強さが眠っているのか？）

だが、達夫にとってそれは歓迎すべき強さだった。

智己が引っ越しをして一週間、達夫は幸せすぎる新婚生活を送っていた。

だが、突然健二から連絡があった。家に戻ってくるという。

二男の健二は、大学を出たのに就職もしないで、アルバイトをしながらバンド活動とやらに熱中していた。

（その健二がなぜ急に家に……？）

達夫にとって、二男の帰宅は決して歓迎できるものではなかった。

数日後、健二が家に現れた。

革のジャケットをはおり、ぴちぴちのジーパンを穿いた健二がリビングに入ってきただけで、家の雰囲気が変わった。

そのぞんざいな態度に、和美もどう対処していいのかわからないのか、必要以上に丁重な態度を取っていた。

達夫にしてみれば、健二は和美との幸せな生活を乱す乱入者に映った。

「どうしたんだ、急に？ これまで、家には寄りつかなかっただろ」

そう問う口調が、自然に棘を含んだものになった。

「帰りたいから帰ってきたんだ。自分の家に帰ってきて、悪いのかよ？」

健二がつっけんどんに言う。

（二十五歳にもなって、親にそんな口の利き方しかできないのか！）

そう怒鳴りつけたいのを、達夫はぐっとこらえた。

「仕事はどうなんだ？ バンドはつづけてるのか？」

「バイトをやってるし、バンドもつづける。家には迷惑かけないさ。それなら、文句はないだろ？」

「売れないバンドをいつまでやってるんだ。早く、きちんとしたところに就職しろ」

こらえていたものが堰《せき》を切ってあふれた。

「まったく、いつも同じことしか言えねえんだな。変わらないな、あんたも……部屋、智己の使ってた部屋でいいんだろ。衣類とかあとで届くから」

健二はバッグひとつ持って、二階への階段を駆けあがっていく。

(まったく、どうしようもないやつだ)

振り返ると、和美が怯えたように立ち尽くしていた。

「とんだところを見せてしまったね。大丈夫だから。ああ見えても、健二は根はやさしいやつだから」

「あ、はい。お義父さまの息子さんですもの。きっとそうだと思います。大丈夫ですよ、わたしは。心配なさらないでください」

ぎこちない笑みを作って、和美はキッチンに向かった。

その夜の三人での夕食は、ぎくしゃくしたものになった。

気になったのは、健二の和美を見る目だった。

時々ちらっと盗み見るその表情が、どこか品定めをしているように映った。

和美が家に入ったときには、健二はすでに家を出ていたから、二人は数回しか会っていないはずだ。

(手を出すんじゃないぞ)

と、釘を刺しておきたいところだが、そんなことを口に出したら健二は怒るだろう。

和美は上手くやっていきたいという気持ちからか、自分から健二に話しかけている。

だが、健二は取り合おうとしないので、場の空気が白む。

夕食を終えると、健二はひとり二階へとあがっていった。


夜、達夫はどうしても寝つかれなくて部屋を抜け出し、和美の寝室に向かった。

胸に去来する一抹の不安を、和美とのセックスで解消したかったのかもしれない。

まだ明かりが点いている健二の部屋を横目に見て、廊下を忍び足で歩き、寝室のドアをノックしようとすると、なかから和美の声がする。

(うん、伸也と電話でもしているのか?)

ドアに耳を押し当てたが、よく聞こえない。

入っていこうかとも思ったが、伸也との電話中だったらまずい。

迷っていると、男の声が聞こえた。

(うん？　健二がいるのか？)

俄然不安になり、達夫は隣室のドアをそっと開けて、いつものように壁際の椅子にあがって蓋を外した。

覗くと、だぼっとしたスウェットの上下を着た健二が、ベッドに腰かけていた。

ネグリジェ姿の和美がベッドに横座りして、緊張した面差《おもざ》しを向けている。

雰囲気が深刻だ。

胸にいやな感じが込みあげてきた。健二の声がはっきり聞こえた。

「何度否定しても、俺には信じられないな。あんたは智己と寝たんだ。そうだな」

「だから言ってるじゃありませんか。そんなことはしていません」

和美がきっぱりと否定する。

(お、おい。どういうことだ？)

達夫は状況を知ろうと、耳を澄ます。

「智己は細かいところまで話してくれたぞ。あいつが想像であれほどの話ができるとは思えない。あんた、きれいな顔してるのに、あっちのほうは大胆なんだって？　口だけで何度もイカされたって、智己は言ってたぜ」

健二は和美を眩《まぶ》しそうに見た。

(おい、智己のやつ、健二にそんなことまで話したのか！)

まさかという気持ちが、内臓がよじれるような絶望感に変わっていく。

「なんで、俺が帰ってきたと思う？」

健二の言葉に、和美がハッとしたように顔をあげるのが見えた。

「智己の話を聞きながら、俺はあんたを犯してたんだよ……智己もいないことだしな」

健二が立ちあがったのを見て、和美が腰を浮かせた。

ベッドから降りようとするところに、健二が抱きついた。

「やめて！　やめなさい」

和美が腕を外そうともがいた。

「智己がいなくなって寂しくなっただろ。俺が代わりをしてやるよ」

「い、いやっ！」

「智己と寝たくせに、貞淑ぶるんじゃねえよ！」

健二が和美を力任せにベッドに押し倒した。馬乗りになって、両手をベッドに押さえつける。

「やめて！　声を出すわよ」

「どうぞ……そのときは、あんたと智己のことを兄貴にばらすからな。俺はやると言ったらやるからな」

「……そんなこと、伸也さんは信用しないわ」

「ところが、証拠があるらしいんだな。智己のやつ、あんたとやってるところをケータイに録音したんだってよ。知ってるか？　今のケータイには録音機能がついていること。智己、お義姉さんとの記念だって大事そうに保管してるみたいだな」

「ウソよ！」

「ウソじゃない。なんなら、智己に言って電話口で流してもらってもいいんだぞ」

和美の顔から見る間に表情が消えていくのがわかった。

「智己の代わりだと思えば、いいだろ。俺のほうが智己より上手いと思うぞ」

無表情に言って、健二はネグリジェの襟に手をかけた。

ぐいっと左右に開くと、乾いた音を立ててネグリジェが破れ、乳房がまろびでるのが見えた。

「ああ、いや……」

和美が胸のふくらみを両腕で隠した。

（コラッ、健二！　何をしているんだ。ぶっ殺すぞ！）

瞬間的に沸騰してくる激情に、達夫は拳を握りしめた。

（飛び出していって、健二をやめさせるべきだ）

心のなかはそう叫んでいる。だが、体が動かない。

それどころか、体の底のほうから得体の知れない昂揚感がせりあがってくる。

（この前、智己が和美にせまったときもそうだった。私は、私は覗きの魅力にとり憑《つ》かれているのか？　いや、そんなはずはない）

自問自答しているうちにも、健二は乳房にしゃぶりついている。

上からでもそれとわかる形のいい乳房を片手で絞りだし、頂に貪りつき、いやらしく舐めている。

達夫はふとこれと同じシーンを見たような気がした。

いや、目撃したのではなく、自分がしていたのだった。

あのときと、和美の肉体を奪ったとき、自分は健二と同じように和美を脅して、ものにしたのだった。

それに気づいたとき、達夫は体を満たしていた憤りが消えていくのを感じた。

「やめて……やめてください」

和美が、スウェットの肩口を拳で叩くのが見えた。

健二はその手をつかむと、ベッドに押さえつけた。

顔を胸に埋め込んで、乳首にしゃぶりついている。

「ぁあぁ、いやっ……やめて……お願い」

和美が力なく首を振る。

その首の動きが徐々に弱くなり、「うっ」と呻いて顔をのけぞらせた。

「ううぅ、痛いっ……」

首すじをこわばらせ、顔をしかめた。

「あんたがいつまでも言うことを聞かないからだよ。おとなしくしないと、また乳首を噛むからな」

そう言って、健二は乳房に顔を埋めた。

和美の抵抗が弱まったのをいいことに、乳房を手のひらですくい揉みし、せりだしてきた赤い肉の蕾を舌で跳ね転がしている。

「うっ、やめて……あっ……ぅうんん」

健二の肩口をつかむ手に力がこもり、くくっと顎がせりあがる。

(和美さん、感じているのか？)

その気配を感じたとき、こともあろうに達夫の下半身は一気に力を漲らせた。

(なんで、なんでこうなってしまうんだ？)

とまどっているうちにも、健二の右手が下半身に伸びた。

水色のネグリジェをまくりあげながら、手首を太腿の奥へと差し込んだ。

「いやっ……！」

和美が太腿をよじりあわせて、いやいやをするように首を振る。

健二が動き、和美の膝をつかんでぐいっと左右にひろげた。めくれあがったネグリジェから足が太腿までのぞく。

「いやぁあああっ」

和美が押し殺した悲鳴に近い声を放って、膝を内側によじりこんだ。

「兄貴に、智己とのことを話してもいいんだな？」

健二がぼそっと言った。

和美がひるんだのを見て、健二はネグリジェのなかに両手を差し込んだ。次の瞬間、白っぽいパンティがさげられ、足先から抜き取られた。

2

健二は閉じようとする足をつかんで、膝を腹に押しつける形で開き、繊毛をたたえた下腹部に顔を寄せた。

「やっ……うっ！」

和美がびくんっと太腿の内側を痙攣させるのが見える。

健二は股間に顔を埋めて、貪りついている。

（ああ、コラッ！　何をしている。やめないか！）

自分の女を他人に寝取られる気持ちとは、こういうものなのか。

生まれて初めて味わう体験に、達夫は目眩《めまい》に似た感覚にとらえられる。

膝ががくがくと震えはじめた。だが、右手はまるで別の人格を持っているかのように、怒張した分身を擦りつづけている。

「いや、やめて……お願い、やめて……」

和美は首を左右に振って、健二を突き放そうとしていた。

（そうだ。そうやって拒みつづければ、そのうち健二だって……）

だが、健二は執拗だった。

膝の裏側をつかんで腹に押さえつけ、あらわになった恥部に舌を走らせる。

吸ったり、舐めたりを繰り返している。

健二がクリトリスらしいところを吸ったとき、和美が顎をくっとせりあげるのが見えた。

「ぅうつ……はぁあぁぁぁ」

和美の喘ぎが長く伸びた。

じりっ、じりっと腰が揺れはじめた。

舌づかいに翻弄されるように、尻がくねった。

「あっ……あっ……ぁあぁぁ、ダメなの、そこ……くうぅぅ」

ほの白い喉元をいっぱいにさらして、和美はシーツを握りしめる。

ネグリジェがまといつく肢体が、切なげによじれる。

（感じてるじゃないか！　おおぅ、淫らだぞ、和美さん！）

達夫は熱く脈動する屹立を強く擦った。

昂奮で霞んできた視界に、健二が執拗にクリトリスを舐めている光景が映る。

「あっ……あっ……いやぁあん……あっ、ぁあぁぁぁ」

和美がシーツを握りしめて、太腿の裏側をぶるぶる震わせた。

健二が顔をあげて、何か言った。

「違うわ。違います」

「違わないな。これが大好きなくせに」

健二がズボンを手際よくさげた。

飛び出してきたものを見て、達夫は目を見張った。

下腹を叩かんばかりに反り返った肉柱は、遠目でもカリが発達していて、自分の持ち物と遜色ない。

おぞましい肉柱を目にした和美の表情が、ハッとこわばるのがわかった。

「こいつが欲しいんだろ。あんたの正体はわかってるよ」

そう言って、健二が体を寄せた。

(おい、やめろ！)

いくらなんでも、この先は許せなかった。

隣室に踏み込もうとして、達夫が椅子から降りかけたとき、

「わかったわ、わかりました。その前に健二さんのをお口でさせて」

和美の声が聞こえた。

(えっ……？)

達夫はあわてて椅子にあがり直す。

「ふふっ、それもいいな。あんたの得意なフェラを味わわせてもらおうかな」

薄笑いを浮かべて、健二はベッドに立った。

「言っとくけど、口でイカせようなんて思ったたって無理だからな。俺は口ではイッた

ことないんだからな……わかったのかよ？」

和美がうなずいた。

「やれよ」

健二が和美の顔を引き寄せた。

和美は猛りたつ肉柱を握ってかるくしごきながら、皺袋のほうから舐めはじめた。長い舌を出して袋を舐めあげたと思ったら、睾丸を口に含んだ。正座して顔を股ぐらに潜り込ませるようにして、口のなかで睾丸を転がしている。

「いきなりキンタマかよ。あんた、やさしい顔をしているのに、やることはエゲツないな」

健二に言われて、一瞬、和美の動きが止まった。

すぐに、もう片方の睾丸を吸い込み、やがて吐き出した。そのまま顔を潜らせるようにして、蟻の門渡りに舌を走らせる。

それを見ている達夫のほうも、まるで自分が会陰部を舐められているような気がして、ぞくぞくっとした戦慄がうねりあがってくる。

「けっこうやるじゃん。ケツの孔は舐められるのかよ？」

健二が下を見て言った。

すると、和美は姿勢を低くし、顔を仰向けるようにして、それらしきところに舌を這わせる。

「ふふっ、くすぐったいよ……あんた、そうとうだな。そこはいいから、咥えろよ」

和美が股ぐらから顔を抜いて、いきりたつものを上から頬張った。

かるくピストン運動させて吐き出し、カリにねっとりと舌をからめていく。ぐるっと一周させて、くびれにも舌をまとわりつかせる。

それからまた唇をかぶせて、かるく顔を打ち振る。その間も、根元のほうを指でしごいている。

「ううう っ……」

健二が唸って、天井を見た。

すると、和美は唇を根元まですべらせていった。

両手で健二の腰をつかみ寄せ、唇が恥毛に接するまで深く咥えて、じっとしている。

「ううっ……あんた……」

健二が唸った。

「くうぅう、たまんねえよ」

両手で和美の顔を両側からつかんで、健二は自分から腰をつかいはじめた。

達夫の位置からも、肉棹がぷっくりした唇を変形させながら犯していくさまがはっきりと見えた。

和美は苦しそうに眉根を寄せている。

「ほらっ、もっと締めろよ。効かねえよ。もっと……おおぅ、そうだ」

健二は気持ちよさそうに唸った。

達夫も分身をしごいて、健二と似た感覚を求める。

そのとき、健二の腰の動きが止まったと思ったら、和美をベッドに押し倒した。

「シックスナインしろ。あんたが上になるんだ」

傲慢に言って、健二は下になる。

和美は命じられるままに、健二に尻を向ける格好で上になった。

射精させてしまいたいという気持ちがあるのか、反対側から肉棹を握り、きゅっ、きゅっとしごいた。

それから、猛りたつ肉柱を頰張って、大きく顔を上下に打ち振る。

健二は呻きながら、尻を引き寄せた。

尻たぶをつかんで開きながら、双臀の狭間に顔を寄せるのが見えた。

(おい、そんなことしたら、和美さんは……)

和美がシックスナインに弱いことは、身に沁みてわかっている。健二がクンニをしている間も、和美は湧きあがる情感をぶつけるように肉棹に唇をすべらせていた。顔を振るピッチがあがった。

「うん、うん、うんっ」

鼻の奥から洩れるくぐもり声が撥ねる。

ちゅるっと肉棹を吐き出して、

「ああぁぁ、ダメっ。ダメ、ダメ、ダメ……」

和美はさかんに首を左右に振る。その間も、肉棹をつかんでしごきたてている。

「甘えるんじゃねえよ。咥えろよ、ほら」

ピシャッと尻を叩かれて、和美はふたたび肉柱を咥え込んだ。

「うんっ、うんっ、うんっ……」

さしせまった声を撥ねさせて、貪るように肉棹に唇をかぶせていく。

(おぅ、和美さん……!)

達夫はその献身的な姿に強い昂奮をおぼえた。

和美はさらさらの髪が垂れ落ちるのも厭わず、男に懸命に奉仕している。横から見ているので、裸身が弓のようにしなっているのがわかる。なだらかな曲線が腰のあたりから急激に角度を増し、急峻なスロープが女の官能美をあますところなく伝えてくる。

健二が、潤んだ恥肉を吸う卑猥な音がした。

「はぁあああぁぁぁ……あああぁぁぁ」

肉棹を吐き出した和美が、顔をあげて喘ぎを長く伸ばした。

ほの白い尻がもどかしそうにうねる。

健二が右手の指を、花肉の中心に潜り込ませるのが見えた。

速いピッチで指を抜き差しされて、

「くううう……ぁああぁぁぁ」

和美はこられきれない声をあげて、満月のような尻をびくびくと震わせる。

「おいおい、何かが指を締めつけてくるな。何だ、これは？」

健二の嘲《あざけ》るような声が聞こえた。

「ううっ、知りません」

「知ってるだろ。なんでこんなにヒクヒクさせてる。どうして欲しいんだ。言ってみろ」

「くううううう……」

和美はいやいやをするように首を振る。

「だったら、抜くぞ。いいんだな」

「ぁあぁぁ、ダメっ。抜かないで！」

和美が訴えて、尻を突き出す。

「じゃあ、言うんだ。どうして欲しい？」

「……ぅうっ、言えません」

「じゃあ、抜くぞ」

「ぁあぁぁ……抜かないで！」

和美が目の前の肉棹をぎゅっと握りしめるのが見えた。

「ふふっ、あんた、智己の言ったとおりだな。よくそれで、貞淑な妻だって顔してるよ。ほら、くれてやるから」

健二が体を抜いて、和美の後ろにまわった。

「ほら、もっとケツを突き出せよ。欲しいんだろ」

健二がピシャッと尻たぶを叩いた。

和美は従順に尻を後方にせりだした。

「ヌルヌルじゃねえかよ」

健二が双臀の狭間を、指でなぞりあげて言った。

愛《いと》しい女が犯されようとしている。なのに、達夫は動けなかった。あれほど、護ってやると約束したのに。

先ほどから体がぶるぶる震えている。

分身の先からは先走りの淫蜜があふれて、それとわかるほどにねっとりとブリーフを濡らしていた。

切っ先を双臀の狭間に押し当てた健二が、腰を入れながら、両手で尻をつかみ寄せるのが見えた。

「うっ……！」

両手を突いた状態で、和美が顔を跳ねあげた。

健二が唸りながら、腰を打ち据えていく。

（おおぅ、よせ！　健二、お願いだからよしてくれ！）

心のなかで叫びながら、達夫は猛りたつ分身をしごいていた。

蜜でぬめ光る肉棹が、和美のなかに押し込まれ、また姿を現すのが、はっきりと見える。

「うっ……うっ……くうぅぅぅ」

和美は懸命に耐えている。

「そうら、声を出せよ。無理するなよ」

健二が反動をつけたストロークを叩き込んだとき、

「うぁあぁぁぁ……」

和美は前に突っ伏して、顔の側面で身体を支えた。

逃げていく腰を引き寄せて、健二はつづけざまに腰をつかった。

「いやぁぁぁ、あっ……あっ……ぁあぁぁぁぁ」

和美が切なげな声をあげて、枕をぎゅっとつかむのが見えた。枕に顔を埋めて、懸命に声を押し殺している。

「うっ、うっ、うっ……」

健二が前に手を伸ばして、枕を取り払った。

「そうら、声を出せよ」

たん、たん、たんと連続して突かれて、

「あっ、あっ、あっ……」

和美は抑えきれない声をスタッカートさせた。

「いいんだな。あんた、いいんだな?」

「ぁあぁ……ぁあああぁあうう、いい！」

和美はあらわな声をあげて、激しい打擲《ちょうちゃく》を受け止めている。こらえていたものが限界を迎えて、一挙に迸《ほとばし》り出たようだった。

「たまんねえよ。あんた、たまんねえよ」

健二は唸りながら打ち込んでいく。

（やめろ。やめるんだ！）

達夫は心のなかで叫びながら、分身をしごいていた。

脳味噌が沸騰するような峻烈な快美感がひろがってくる。

「たまんねえよ。あんた、たまんねえよ……出すぞ。ぶっかけてやる。そうら、おおううう……うっ！」

健二は唸って、ぶるぶると尻を震わた。

和美が前に倒れ込んでいくのが見えた。

健二は逃げる身体を追って、和美に重なっていた。

しばらくそのまま身体を合わせていたが、腰をあげて肉茎を抜き、すぐ隣にごろんと横になった。

はあはあと息を荒らげている。

しばらくぐったりしていた和美が、上体を起こした。

健二に覆いかぶさるようにして、耳元で何か囁いた。

それから、和美は健二の下半身へと身体をすべらせていく。

斜め横から肉茎をつかんで、ぶるぶると振った。

ぐったりしていた肉茎が急速に力を漲らせて、棒状になる。

和美が肉棹を舌であやすようにねぶりまわすのが、正面から見えた。自分の淫蜜で汚れた肉柱を厭うことなく、丹念に舐め清めている。

(和美さん、あんたは……)

達夫はまた肉茎をしごきだす。

そのとき、和美がこちらを向いた。まるで、達夫が覗いていることをわかっているかのように、やや上方を艶かしい目で見あげてくる。

目が合ったような気がして、達夫はあわてて首を引っ込める。

(知っているのか、まさか……)

おずおずと首を伸ばすと、和美がいきりたつものに頬擦りしているのが見えた。

愛しくてたまらないというように頬をなすりつけ、それから舌をねっとりと亀頭冠にからませる。

次の瞬間、和美は舌をつかいながらこちらを見た。今度ははっきりと。

(知ってるんだ。和美さんはここから私が覗いていることを知っているんだ！　いったいいつから?)

だが、それを考える余裕などなかった。

和美は硬直した肉棹を大きく振りながら、頬に打ち当てていた。

肉の鞭を頬で受け止めて、こちらを見あげている。口許に微笑さえ浮かべながら。

(おぅ、和美さん、あんたって女は……！)

達夫は魅入られたように、猛りたつ分身をしごいた。

甘い疼きが急速にひろがっていくなかで、愛しい女に視線を注ぐ。

いったん顔を伏せていた和美が髪をかきあげながら、こちらを見た。

陶酔したなかにも、こちらをうかがう気配が感じられる。

妖婦のようだった。

(そうか。奉仕していたのは、こっちだったんだな)

それでもいい、と思った。

甘い疼きが切羽詰まったものへとふくらんでいくのを感じながら、達夫は長男の嫁を見た。

和美はギンとした肉柱を口に含んで、顔を打ち振る。

リズミカルにしごいていた和美が、肉棹を吐き出した。

「ぁあぁぁ、立派だわ」

達夫に聞かせるように言って、肉棹に唇をかぶせていく。

(私が覗いていることを知っていて、あんなことを……おおぅ、和美さん。いやらしいぞ。いやらしい女だ！)

達夫は得も言われぬ愉悦が急速にひろがっていくなかで、和美が二男の男根を追い込んでいく姿を食い入るように見つめていた。

◎本作品はフィクションであり、文中に登場する個人名や団体名は実在のものとは一切関係ありません。

二見文庫

うちの嫁《よめ》

著者 霧原一輝《きりはらかずき》

発行所 株式会社 二見書房
東京都千代田区三崎町2-18-11
電話 03(3515)2311［営業］
03(3515)2314［編集］
振替 00170-4-2639

印刷 株式会社 堀内印刷所
製本 合資会社 村上製本所

落丁・乱丁本はお取り替えいたします。
定価は、カバーに表示してあります。
©K. Kirihara 2009, Printed in Japan.

ISBN978-4-576-09075-7
http://www.futami.co.jp/

二見文庫の既刊本

弟の嫁

KIRIHARA,Kazuki
霧原一輝

予備校講師として静かに暮らしていた男やもめの俊夫の生活は、急逝した弟の嫁・真知子とその娘・美里を引き取ったことで一変する。実は、真知子はかつて自分が横恋慕していた女であった。それでもなんとか理性を保とうとする俊夫だったが……。初老にさしかかった男が体験する、久方ぶりの艶めいた日々を描いた、俊英による書き下ろし回春エロス！